国际大奖小说
美国学校图书馆推荐年度最佳读物

Tucker's
Countryside
塔克的郊外

[美] 乔治·塞尔登 / 著
[美] 盖斯·威廉姆斯 / 绘
袁 颖 / 译

天津出版传媒集团
新蕾出版社

图书在版编目 (CIP) 数据

塔克的郊外/(美)塞尔登(Selden,G.)著;(美)威廉姆斯(Williams,G.)绘;袁颖译.
—天津:新蕾出版社,2011.5(2024.11重印)
(国际大奖小说)
书名原文:Tucker's Countryside
ISBN 978-7-5307-5056-8

Ⅰ.①塔…
Ⅱ.①塞…②威…③袁…
Ⅲ.①童话-美国-现代
Ⅳ.①I712.88

中国版本图书馆 CIP 数据核字(2011)第 034162 号
TUCKER'S COUNTRYSIDE
by George Selden and illustrated by Garth Williams
Text copyright © 1969 by George Selden Thompson
Pictures copyright © 1969 by Garth Williams
Published by arrangement with Farrar, Straus and Giroux, LLC, New York.
津图登字:02-2006-13

出版发行	:新蕾出版社
	http://www.newbuds.com.cn
地　　址	:天津市和平区西康路 35 号(300051)
出 版 人	:马玉秀
电　　话	:总编办(022)23332422
	发行部(022)23332351　23332679
传　　真	:(022)23332422
经　　销	:全国新华书店
印　　刷	:天津新华印务有限公司
开　　本	:880mm×1230mm　1/32
字　　数	:60 千字
印　　张	:5.5
版　　次	:2011 年 5 月第 1 版　2024 年 11 月第 46 次印刷
定　　价	:26.00 元

著作权所有,请勿擅用本书制作各类出版物,违者必究。
如发现印、装质量问题,影响阅读,请与本社发行部联系调换。
地址:天津市和平区西康路 35 号
电话:(022)23332677　邮编:300051

前言

一辈子的书

梅子涵

亲近文学

一个希望优秀的人,是应该亲近文学的。亲近文学的方式当然就是阅读。阅读那些经典和杰作,在故事和语言间得到和世俗不一样的气息,优雅的心情和感觉在这同时也就滋生出来;还有很多的智慧和见解,是你在受教育的课堂上和别的书里难以如此生动和有趣地看见的。慢慢地,慢慢地,这阅读就使你有了格调,有了不平庸的眼睛。其实谁不知道,十有八九你是不可能成为一个文学家的,而是当了电脑工程师、建筑设计师……可是亲近文学怎么就是为了要成为文学家,成为一个写小说的人呢?文学是抚摸所有人的灵魂的,如果真有一种叫作"灵魂"的东西的话。文学是这样的一盏灯,只要你亲近过它,那么不管你是在怎样的境遇里,每天从事

国际大奖小说

怎样的职业和怎样地操持,是设计房子还是打制家具,它都会无声无息地照亮你,使你可能为一个城市、一个家庭的房间又添置了经典,添置了可以供世代的人去欣赏和享受的美,而不是才过了几年,人们已经在说,哎哟,好难看哟!

谁会不想要这样的一盏灯呢?

阅读优秀

文学是很丰富的,各种各样。但是它又的确分成优秀和平庸。我们哪怕可以活上三百岁,有很充裕的时间,还是有理由只阅读优秀的,而拒绝平庸的。所以一代一代年长的人总是劝说年轻的人:"阅读经典!"这是他们的前人告诉他们的,他们也有了深切的体会,所以再来告诉他们的后代。

这是人类的生命关怀。

美国诗人惠特曼有一首诗:《有一个孩子向前走去》。诗里说:

   有一个孩子每天向前走去,
   他看见最初的东西,他就变成那东西,
   那东西就变成了他的一部分……

如果是早开的紫丁香,那么它会变成这个孩子的一

部分;如果是杂乱的野草,那么它也会变成这个孩子的一部分。

我们都想看见一个孩子一步步地走进经典里去,走进优秀。

优秀和经典的书,不是只有那些很久年代以前的才是,只是安徒生,只是托尔斯泰,只是鲁迅;当代也有不少。只不过是我们不知道,所以没有告诉你;你的父母不知道,所以没有告诉你;你的老师可能也不知道,所以也没有告诉你。我们都已经看见了这种"不知道"所造成的阅读的稀少了。我们很焦急,所以我们总是非常热心地对你们说,它们在哪里,是什么书名,在哪儿可以买到。我就好想为你们开一张大书单,可以供你们去寻找、得到。像英国作家斯蒂文生写的那个李利一样,每天快要天黑的时候,他就拿着提灯和梯子走过来,在每一家的门口,把街灯点亮。我们也想当一个点灯的人,让你们在光亮中可以看见,看见那一本本被奇特地写出来的书,夜晚梦见里面的故事,白天的时候也必然想起和流连。一个孩子一天天地向前走去,长大了,很有知识,很有技能,还善良和有诗意,语言斯文……

同样是长大,那会多么不一样!

自己的书

优秀的文学书，也有不同。有很多是写给成年人的，也有专门写给孩子和青少年的。专门为孩子和青少年写文学书，不是从古就有的，而是历史不长。可是已经写出来的足以称得上琳琅和灿烂了。它可以算作是这二三百年来我们的文学里最值得炫耀的事情之一，几乎任何一本统计世纪文学成就的大书里都不会忘记写上这一笔，而且写上一个个具体的灿烂书名。

它们是我们自己的书。合乎年纪，合乎趣味，快活地笑或是严肃地思考，都是立在敬重我们生命的角度，不假冒天真，也不故意深刻。

它们是长大的人一生忘记不了的书，长大以后，他们才知道，原来这样的书，这些书里的故事和美妙，在长大之后读的文学书里再难遇见，可是因为他们读过了，所以没有遗憾。他们会这样劝说："读一读吧，要不会遗憾的。"

我们不要像安徒生写的那棵小枞树，老急着长大，老以为自己已经长大，不理睬照射它的那么温暖的太阳光和充分的新鲜空气，连飞翔过去的小鸟，和早晨与晚间飘过去的红云也一点儿都不感兴趣，老想着我长大

Tucker's Countryside

了,我长大了。

"请你跟我们一道享受你的生活吧!"太阳光说。

"请你在自由中享受你新鲜的青春吧!"空气说。

"请你尽情地阅读属于你的年龄的文学书吧!"梅子涵说。

现在的这些"国际大奖小说"就是这样的书。

它们真是非常好,读完了,放进你自己的书架,你永远也不会抽离的。

很多年后,你当父亲、母亲了,你会对儿子、女儿说:"读一读它们,我的孩子!"

你还会当爷爷、奶奶、外公和外婆,你会对孙辈们说:"读一读它们吧,我都珍藏了一辈子了!"

一辈子的书。

Tucker's Countryside

目录
塔克的郊外

第 一 章　知更鸟信使——约翰 …………… 1

第 二 章　康涅狄格州 …………………… 14

第 三 章　大草原 ………………………… 27

第 四 章　艾伦 …………………………… 42

第 五 章　亨利变家猫 …………………… 52

第 六 章　洪水 …………………………… 62

第 七 章　室内 …………………………… 76

第 八 章　佰莎 …………………………… 86

第 九 章　纠察线 ………………………… 95

第 十 章　哈里的房子 …………………… 105

第十一章　如何确立一个发现 …………… 115

第十二章　海德雷日 ……………………… 130

第十三章　又一次告别 …………………… 146

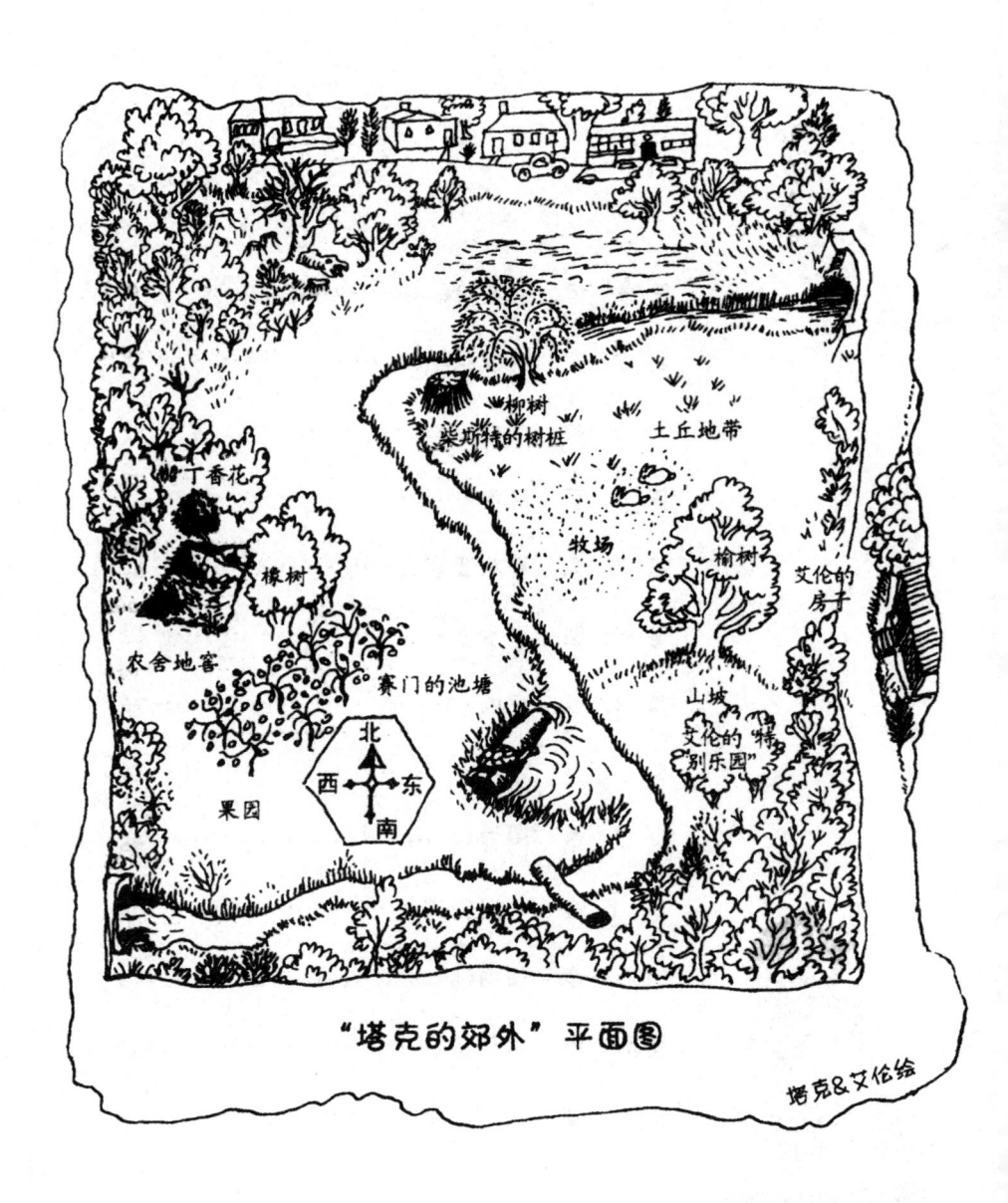

"塔克的郊外"平面图

Tucker's Countryside

第一章

知更鸟信使——约翰

塔克老鼠无疑又犯了"春困"。

每年临近五月末的时候都是如此。此时,太阳的射程摇摆得足够远,一束明亮的光线能够从时代广场人行道边的排水沟投射进来,游走过地铁里迷宫般的管子、柱子,最终刚好落在塔克居住的那根排水管前面,金光四射。当然,再过个把星期,太阳会迁徙,而这束光线也最终会散落消失在纽约的街头。但是毕竟在这几天里,塔克拥有自己门前的阳光啊——要是你也终年住在时代广场的地铁站里,你就知道这有多么难得了!

还有更让它高兴的事呢!受着这束阳光的温暖,排水管旁的一个小土堆儿里竟然钻出了几缕草叶儿!塔克不知道这些草籽最初是怎么"落户"到这里的,但它们的确在这里生根发芽了——三缕可爱的嫩绿色的叶片从煤灰堆儿里探出头来!塔克把这里叫作它的"花园",一天两次,它用不知从哪里"淘"来的一只纸杯从地铁墙壁

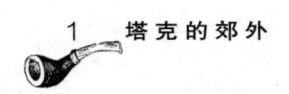

国际大奖小说

上漏水的管子那儿接了水来"浇花"。但它们不会活得太久,塔克明白,在那束阳光开溜之前,草儿们便早就已经被地铁站那些川流不息的乘客们践踏死了。想到它的草儿们即将不复存在,塔克觉得有点儿悲哀。

但至少今天,它还拥有这"花园",还能坐在这里享受这缕阳光啊!空气甜美、柔润而清新,那是春天空气里特有的气息——即使是在时代广场的地铁站里,也可以感受得到。然而塔克老鼠"春困"的症状实在不轻,这会儿竟越发严重了。它不得不决定赶紧回排水管里眯一会儿去,免得就在这里睡着了。它走到空地,正欲拾阶而上,目光却被什么东西吸引住了。

那是一对正在扇动着的小小翅膀——就在白利尼家的报摊后面。塔克凝神观察了片刻,回身冲着排水管深处喊道:"亨利,地铁站里有只鸟。"

在墙内几尺深的地方,排水管通向一处比较宽绰的地方,塔克把所有它"淘"来的宝贝都藏在那里。这会儿,亨利猫正躺在那里的一摞皱巴巴的报纸上伸着懒腰,半睡半醒地享受着这个美好的下午。"是只鸽子吗?"它问。时不时会有鸽子误闯进地铁站里来,总会徘徊几天才能找到出口。

"不,"塔克说,"是只小鸟。"

亨利轻轻地踱到排水管口,从塔克坐着的地方探出

塔克的郊外　2

Tucker's Countryside

头去:"在哪儿呢?"

"在那儿,"塔克说,"落在白利尼家报摊的房顶上呢。"

亨利对着那鸟研究了一分钟。"是只知更鸟,"它说,"看见它胸前那抹红色了吗?可是知更鸟飞到这儿来干什么呢?"

"也许想搭班车到中央车站去吧。"塔克说。

"别傻了!"亨利猫说,"它可是会飞的。"

这时,知更鸟从报摊后面飞了起来,开始围着车站盘旋。它先是在一列班车顶上停留了一下,随后俯冲向尼迪克的午餐供应台。

"我觉得它在找什么东西呢。"亨利说。

知更鸟的确是在寻找什么。它掠过午餐供应台的时候,吓了柜台伙计米奇一跳,弄洒了一杯巧克力苏打水。然后那鸟又朝着劳夫特的糖果店飞过去,从那扇玻璃窗前掠过,绕了一圈后飞到排水管的开口处。出乎塔克和亨利意料,它突然就落在它俩面前。

"哦——噢!"知更鸟叫着,"我还以为永远找不到你们呢!"它向它俩跳近一步,随后又跳开去,"你就是塔克老鼠吧?"

"是我,"塔克答道,"你是谁?"

"知更鸟约翰。"小鸟说着,又前前后后跳了几步,

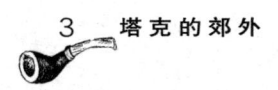

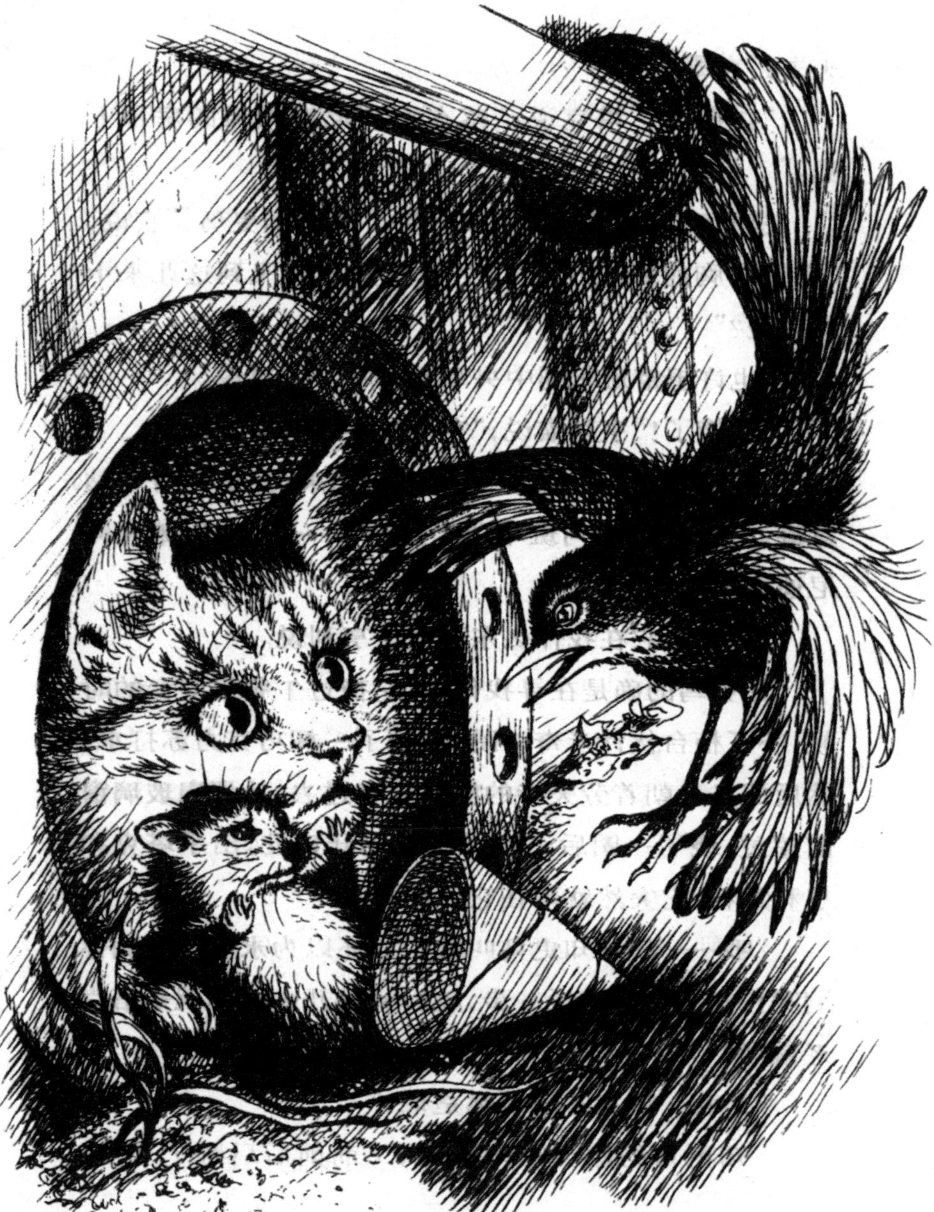

Tucker's Countryside

"那么这位想必是——哦……"

"亨利猫。"亨利说。

"哦,好啊,我——哦——"看来这知更鸟就是站不稳当,它就一直那么在排水管口跳来跳去的,像是要进来的样子,却又马上跳开去。

"你为什么总这么跳来跳去的啊?"塔克老鼠问道。

"哦,因为我——哦——我的意思是说,它真的是只猫啊。你知道,在康涅狄格州——我就是从那儿来的——鸟和猫不太……虽然我也觉得这有点儿落伍,但它们就是无法相处得很好。"

"亨利,它是害怕你啊。"塔克说,"表示一下吧,让它放松下来。"

亨利猫咧嘴笑笑,说:"我怎么表示啊?叫两声吗?喵——!"它发出一声长长的、令人满意的猫叫声。

"别吃我就行了!"知更鸟约翰说,"那就足够了。柴斯特说它保证你不会吃我的,可我还是……"

"蟋蟀柴斯特?"塔克大叫,"你认识柴斯特?"

"我当然认识它,"知更鸟说,"认识它都好几年了。多若西和我——多若西是我太太——我们做窝的柳树就在它家的树桩旁边。"

"它怎么样啊?喵——"亨利问。这次它叫得更是由衷,听到了老朋友的消息让它觉得特别开心。

"噢,它很好,"知更鸟约翰回答,"一直都很好。"

"它的演奏还跟以前一样美妙吗?"塔克问。

"更棒啦!"

"音乐家啊!"塔克摇着头啧啧称赞,"它告诉过你它在纽约时的经历吗?"

"当然,"知更鸟约翰说,"去年它一从纽约回去,就全跟我讲了。我觉得真好啊!可你们知道吗,在我们大草原那里有太多好的音乐家啦!"说到这里,小鸟骄傲地将它的小脑袋歪向了一边,"而且,我自己就是个不赖的歌唱家呢!但现在没时间聊这些了。我是有要紧事儿才到这儿来的。"

"进屋说吧,"塔克说,"马上就到下班高峰了,我可不想柴斯特的朋友被人踩着。"

猫和老鼠转身进了排水管,知更鸟约翰怀疑地朝着黑暗的管口里望了望,跟在它们身后跳了进去。它们来到里面一处比较宽敞的地方,在报纸堆儿里舒服地坐了下来。

"现在可以说了,什么要紧事儿啊?"亨利问。

"我们大草原要有大麻烦了,"知更鸟约翰说,"柴斯特和乌龟赛门正担心得要命呢!它俩有点儿像我们那儿的头儿——赛门嘛,是因为它是我们那儿岁数最大的;而柴斯特呢,也许就因为它是柴斯特吧——它们都很害

Tucker's Countryside

怕。我们全都非常害怕！"

"怎么回事？"塔克问。

"我宁愿等柴斯特自己告诉你们，"知更鸟说，"其实，我飞到纽约来就是想叫你们——实际上是恳求你和猫先生——"

"叫我亨利。"亨利打断它。

"——恳求你和亨利立刻动身到康涅狄格州去！柴斯特说你们以前是它的经纪人，特别擅长解决问题。"知更鸟沮丧地摇摇头说，"我来这儿就是要告诉你们，我们大草原那里真的有麻烦了！"

塔克看看亨利，又看看知更鸟约翰。"我不知道，"它开口说，"亨利和我以前曾经说起过要去看望柴斯特，可康涅狄格州那么远，而且……"

"噢，求求你们！"知更鸟打断塔克的话，"康涅狄格州并没那么远。像柴斯特那样的小蟋蟀都能搭火车去，你们两个大个儿也肯定能去！我们非常需要你们！真的！如果你们不去，我真不知道我们该怎么办才好了！"知更鸟约翰沮丧又焦急，激动得跳来跳去，爪子都缠上了破碎的报纸条儿。过了一会儿，它安静下来，开始瞪着排水管里的地板发呆。

一刹那间，每个人都沉默了，谁也不看谁。随后，亨利猫轻轻地说道："我们去。"

塔克老鼠耸耸肩膀,说:"那么——就去喽。"

"感谢上帝!"知更鸟发出了一声欢叫,如释重负。

"我们什么时候动身?"亨利问。

"今晚走怎样?"约翰又开始不安分地上蹿下跳,"我们可以赶上末班特快车,就是柴斯特走时搭乘的那趟车。"

"今晚?!"塔克跳了起来大叫道,"可我们还得收拾行李呢!"

"你有什么可收拾的?"亨利盘问道。

"哦……哦……有不少东西呢!"老鼠争辩着。

"不少东西?"亨利疑惑地环视四周。塔克的"资产"堆得到处都是——角落里,报纸堆儿上,还有报纸下面盖着的,比比皆是。

"当然!"塔克说着便冲到一边去,捡起一只女式高跟鞋的鞋跟,轻轻抱在怀里:"你同意我不应该把这只美丽的鞋跟丢在这里吧,啊?"放下鞋跟,它又冲向另一个角落"翻箱倒柜"——如同一阵风一样,报纸的碎屑也随着飞了起来——它捧起了两颗细小的白色珍珠,说:"还有我的珍珠!亨利,你肯定记得这个,记得去年一月,那个女士的项链断了之后,是谁猛冲过去将这些美丽的珍珠抢救回来!"

"我早已经淡忘了。"亨利说,一副很不在乎的样子。

Tucker's Countryside

"是我!"塔克说,"那可是人流的高峰时刻啊!"

"唉,不过是些假珍珠而已。"亨利说。

"不管是真是假,它们是我的!"老鼠大叫,"你知道啊,亨利,住在这地铁站里的人不只是我们两个。另一头的排水管里就住着好多龌龊的老鼠,它们总是妄想有偷我东西的机会!"说到这儿,它又想起了什么,放下珍珠,捂住自己的胸口说道:"噢,我的纽扣!我的那些漂亮的纽扣!"

"安静些吧。"亨利猫说。当塔克又要奔过去找它那些纽扣的时候,这只大猫抬起了它的右前爪,放在了老鼠的后背上,轻轻地将它压在地板上,令它动弹不得。每当塔克特别激动的时候,猫总是这样帮它的朋友平复下来。

"亨利,如果你不介意的话,请把你的爪子拿开,亨利,如果你不介意的话!"

"你可以理智些了吧?"亨利问。

"我一直都很理智。"塔克老鼠说。

亨利抬起爪子,塔克站起身来。"除了我的鞋跟、我的珍珠、我的纽扣和这些钥匙、发卡,以及所有这些年来我苦心搜罗来的宝贝,它又怎么办呢?"塔克颇为自负地在排水管中踱着步子,然后掀起一张纸来把它靠在墙边,下面露出了一摞码放整齐的硬币,总共两块八毛六

分钱：有一分的、五分的、一角的和两角五分面额的，垫底儿的竟是一枚半个美元的大额硬币！"这是我一生的积蓄啊！"塔克老鼠大声宣告，"那些老鼠们难道不想染指吗？相信我，亨利，它们绝不会将其用于慈善！"

"我会保管所有的东西——一次性全部保管！"亨利猫说。通常，亨利行动起来总是缓慢轻巧，可有时却迅如闪电——就像现在！塔克和知更鸟约翰还没意识到发生了什么事，这大猫已经开始把塔克所有的"财宝"拢作一堆。

塔克意识到亨利要干什么以后非常害怕："亨利，住手！你要干什么？噢——我的纽扣！别抓坏了我的珍珠！我一生的积蓄啊！"

亨利把那些零钱像一条小瀑布似的推倒，也堆进了塔克的"财宝小山"。然后，它用一只爪子挪开排水管墙壁上的一小部分，露出里面的一个黑洞。这边，塔克则疯狂地跳着、叫着："不安全！不安全！"亨利把所有的东西都放进小洞里，又重新覆盖好墙壁。"行了！"亨利干完之后说，"会很安全的！"它又在这个藏匿了塔克财物的地方前前后后梳理了一番自己的皮毛——"我在这儿留下很多猫的气味。任何闻到这气味的老鼠绝对都会'闻味丧胆'！"

"破产啦！"塔克老鼠绞搓着自己的两只前爪，"我破

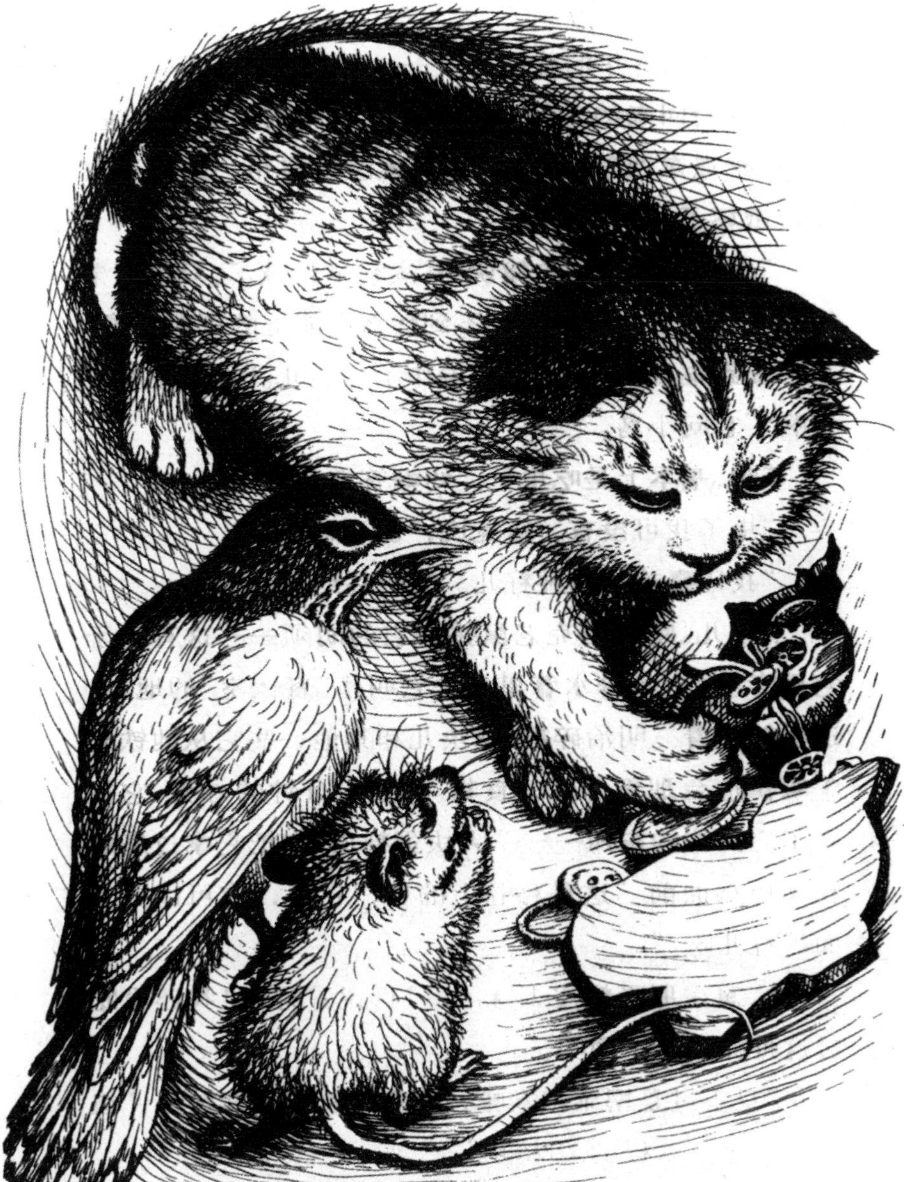

产啦。所有这些年的胜利果实——全没啦!"

"我们回来的时候它们还会在这儿的。"亨利猫说,"现在吃点儿东西怎么样?约翰从康涅狄格州一路飞过来一定饿坏了,是吧,约翰?"

"不必麻烦了。"约翰说。其实它早就饿了,只不过觉得在纽约这个地方肯定找不到什么它能吃的东西罢了。

提到吃东西,塔克稍微振作了一点儿。"你都吃些什么啊?"它问小鸟。

"哦,基本上是吃虫子。"约翰答道。

"虫子我可没有,"塔克说,"也不想有。"

"我还喜欢吃各种籽儿。"知更鸟约翰说。

"籽儿。哦。"塔克老鼠捋捋它的胡须——这有助于它思考。它走到排水管里一处它叫作"餐饮室"的地方,这里储藏着三明治碎屑、糖块儿和其他一些它从地铁站午餐供应台那里弄来的食物。经过一分钟的寻觅,它找到了它要找的东西——一大块蛋糕皮,它把它拿过来放在知更鸟面前,"你可以拣上面的籽儿吃。"

约翰在那蛋糕皮上啄了一口,说:"好吃!我还没吃过这种味道的东西呢!"

"只不过是罂粟籽卷嘛,"塔克说着摆了摆前爪,"纽约到处都有这样的美味啊。"

"吃完东西我还想听你唱唱歌呢。"亨利说。

Tucker's Countryside

"非常愿意。"知更鸟约翰的嘴里塞满了罂粟籽说道。

大约半个小时之后,一个叫作安德森的人途经地铁站,回他位于新罗歇尔的家。他仿佛听到些什么便停了下来,可那声音也停了下来,随后又重新响起。安德森先生摇了摇头。他觉得这有些不可思议,但那声音听来的确就像是一只鸟在歌唱,那从排水管开口处传出来的声音竟唱出了他内心的喜悦。

第二章

康涅狄格州

当天晚上,猫、老鼠和知更鸟已经做好准备要动身去康涅狄格州了。知更鸟约翰早已在不耐烦地跳来跳去。"你们不觉得我们该出发了吗?"它说,"我们可不想误了火车。"

"塔克,你在干什么呢?"亨利猫喊。

塔克老鼠还在它的"餐饮室"里,不知在鼓捣些什么东西,弄出很大的声响。回来的时候,塔克拎了一个大包——那包用从尼迪克家的午餐供应台上找回来的蜡纸仔细地包裹了,还用劳夫特家糖果店的绳子捆着。"这是我要带上的一件东西。"它说。

"是什么啊?"亨利问。

"没什么。"塔克把包裹拿到猫碰不到的地方,"给柴斯特的东西。"

"快,走吧!"知更鸟约翰不耐烦地一跳,跳起来老高,脑袋撞在排水管的天花板上。

Tucker's Countryside

"好吧,好吧,"塔克说,"别着急,我可不想你在我的起居室里撞头。"它叹了口气,最后环顾了排水管一圈,"我可爱的家啊——我不知道还能不能再见到你。"

"你当然能了,"亨利猫说,"走吧。"

它们开始顺着迷宫一样的管道朝街上爬去。亨利走在第一个,塔克压后,知更鸟约翰走在中间——这样它才不会在它们途经的无数个出口迷路。几分钟后,它们来到了人行道边,它们已经置身于时代广场中了。大多数看电影、看戏的人们都已经回家了,只有巨大的霓虹灯招牌依然把彩色的急流溅射到广场上。

"再见了,时代广场!"塔克老鼠说,"深爱着你的人就要远行了。"

"看在上帝的分儿上!"亨利猫说,"你的语气像一出意大利歌剧的最后一幕!"亨利非常喜欢歌剧,曾经溜进城市大剧院里好多次。

它们三个沿着四十二街直奔中央车站去。知更鸟约翰飞在前面——对于它来说,飞可比跳容易。它不时落在便道沿儿上等一等猫和老鼠——它俩得从那些停在路边的汽车下面一路潜行过来。

它们到了布赖恩特公园,这是一片整洁的长满了草和树的地方,就位于第五大街街角处公共图书馆的后面。"这是我见到过的唯一一处郊外美景。"塔克对知更

鸟说。

约翰飞起来,绕着公园飞了一圈又回来。"咳,这里什么都不是!"它说,"草原那里家家户户门前的草坪都比这块地方大呢!"

它们继续向前走。亨利和塔克悄悄地在一辆大凯迪拉克下面前进的时候,老鼠突然说道:"亨利,如果在康涅狄格州连房子前的草坪都比布赖恩特公园大的话,那里一定会有大片的空地吧。"

"我想是吧。"亨利猫说。

"那康涅狄格州有野生动物吗,亨利?"

"应该有吧。"

"什么野生动物呢?"

"哦,狮子,老虎,大象……也许。"

"亨利,如果你不介意的话——请你严肃些!"

"别担心,小耗子,"亨利说,"我会保护你的!"它想要拿塔克寻开心的时候,总会叫它"小耗子"。

但塔克可无心玩笑。它拖着沉重的步子跟在后面,喃喃自语:"还有熊。我打赌它们那里还得有熊。"

它们终于到达了中央车站。它们途经的,依然是塔克和亨利去年九月曾经走过的那一排排的管子、空无一人的走廊和后面通风的厅室。不过那一次,还有蟋蟀柴斯特,它抓住亨利的毛趴在它背上。晚班的市内特快正

Tucker's Countryside

停在第十八站台等待出发。晚上的这个时间乘客稀少,因此亨利它们没费劲儿就溜进了两节车厢间一个小车室阴暗的角落里。它们没等多长时间,几分钟之后车厢就开始晃动,轮子与铁道发出尖锐的摩擦声——火车开动了。

"我们走啦!"塔克老鼠喊道,"我感觉——我们真的动啦!亨利!这可是我们的首次旅行啊!噢!噢!噢!"

"好了,安静些。"亨利猫说着抬起了它的右前爪。

"你不会又要'镇压'我吧,亨利,"塔克轻蔑地说,"那可不是开始旅行的好方式啊!"

"那就不要太兴奋。"亨利说着放下了爪子。

"怪了!"塔克对此嗤之以鼻,"我竟然不能对我的首次旅行表示兴奋!"

"你可以兴奋,小耗子,但不要歇斯底里才好!"

大家于是都安静下来享受这次旅行。

三个半小时之后,三个人开始对它们乘坐的这趟车的名字怀疑起来。它们知道"晚班"和"市内"的意思,但却无法想象人们怎么能叫它 "特快"——似乎每到一站它都要停车,而且只要停车,你就得等啊——等啊——等!"我们在这家伙上待的时间长得都足够到加拿大了!"亨利猫抱怨道。它是一只好奇心很强的猫,连它和塔克用来装饰屋子的报纸上面有时候会出现的地图,它都喜

国际大奖小说

欢研究。所以它很清楚火车行进的方向：先是向西北，然后一直向北。

"我觉得我们快到了。"知更鸟约翰说。它飞起来，从它们所在的车厢窗户向外看了一眼。漆黑的天际里，刚刚由几天前的满月变亏的月亮显得格外明亮，看上去好像刚刚被天上什么巨大的怪兽啃食掉了一块似的。"没错，我们到了！"约翰说着又飞落下来，"我认识外面的房子。"

"感谢上帝！"塔克老鼠说。它站起身舒展着四肢——它的胳膊、腿都像是被轮子碾过了一样的酸痛。"我们还不如搭灰狗大巴来呢。"

火车嘎嘎地停住。"大家下车了！"知更鸟招呼道。因为没有人在这一站下车，乘务员根本就没有费事开门，所以大家只得从两节车厢间的开口处爬了下来。"欢迎到海德雷来！"约翰在站台上对大家说。

"这是小镇的名字吗？"亨利问。

"是的。"知更鸟用一只翅膀指了指车站墙上的站牌——一盏灯将站牌照亮，上面写着：康涅狄格州海德雷镇。"海德雷是创建这块地方的那个人的名字。"

塔克老鼠环顾四周，问："柴斯特在哪儿？"

"哦，车站对它来说太远了，"约翰说，"恐怕我们还得再走上一大段路呢。"

Tucker's Countryside

"我才不在乎要走多远呢！"亨利猫说，"只要我们下了那列火车就好！"

它们出发了，知更鸟约翰时飞时停地在前面带路。塔克一路都在跟它的那个包裹"鏖战"，先是用右前爪拿着，又倒到左前爪，然后就一直这么倒来倒去的。包裹似乎变得越来越沉了，它也落在后面越来越远，但它却始终不肯把包裹丢掉。亨利看在眼里，默不作声地走过去，用它尖利的下牙钩起包裹上的绳子。这样的分量对一只像亨利这样的大猫来说根本不算什么。

它们继续走着。首先经过了店铺、写字楼和一家戏院——都是些在市中心能看到的建筑物。街上基本没有什么人。店铺都黑着灯，只有高高的街灯照亮大家前行的道路。之后，它们路过了海德雷的居民区——有公寓楼、连体别墅和独幢别墅。塔克这辈子还从没见过这种城市别墅——鳞次栉比的，即使是亨利，也只在纽约高档的东区里见到过。

"我简直不敢相信！"塔克老鼠说，"看那些草坪的面积！约翰说得没错——都比布赖恩特公园的草坪要大！"

"我喜欢这儿！"亨利由衷地说道，"——涅狄格——太漂亮了！——涅狄格——"它本想说"康涅狄格州"，因为嘴上叼着塔克的包裹，也只好这样口齿不清了。

它们继续向前，直到它们的左边出现一大片黑暗之

地。没有房屋也没有草坪,只有在黎明中渐落的月亮静静地给树木的枝条镶上银边,还有瑟瑟的流水声传来。"大草原就从这里开始,"知更鸟约翰说,"听见小溪的声音了吗?"

"在我看来这里更像是丛林。"塔克老鼠说。

"这里是多树的地带,"约翰说,"比较平坦的、长着草的地方在另一边呢。柴斯特就住在那里。你走这样的路没问题吧?"

"当然!"亨利说。然而,它随即把包裹放了下来,说:"你们听到什么没有?"

"什么?"塔克问。

一声啁啾声从前面的黑暗中传来。紧接着,一声,又一声。

"是柴斯特!"亨利喊道。它叼起包裹向前面冲去。塔克跟在它的后面奋起直追,而知更鸟约翰则飞了起来,径直飞到它俩的前头去了。

路边延伸出一条栅栏。亨利沿着它一根根木桩地跑过去,那啁啾声也就离得越来越近——声音似乎就是从其中的一根木桩上传过来的,亨利在它前面站定,"柴斯特!"它喊,"是你吗?"

果真,柴斯特就从那根木桩上面一个箭步跳了下来。"亨利!"它叫着,"见到你太高兴啦!"猫则使劲地舔了

Tucker's Countryside

一下它的脑袋,弄得它一个趔趄。

"小心点儿,亨利,"塔克老鼠说话间也上气不接下气地赶到了,"你那样亲吻它,怕要把它弄晕的。"

"塔克!"蟋蟀柴斯特叫着,"噢,真是太好了!"

然后,很自然的,大家拥抱在一起——拥抱一只蟋蟀也并非易事啊。它们互相寒暄,说啊,笑啊,就像所有久别重逢的老友那样。

"我都在那根篱笆桩上面等了你们好几个小时啦!"柴斯特说。

"我们也赶了好几个小时的路啦!"知更鸟约翰说。

毫无缘由的,大家就又笑作一团了。当大笑逐渐转成微笑,知更鸟便又开始紧张地跳个不停了。"我想我最好先回家去了,柴斯特。"它说,"天都快亮了,我至少还能眯上一小觉儿。我还计划着明天一大早去捉虫,肯定会忙得要命呢。"

"好吧,约翰,"柴斯特说,"谢谢你给塔克和亨利带路。"

猫和老鼠也向它致谢。小鸟随即飞进夜色之中,黑暗中它的话音在回荡:"哦——噢!一天之内往返纽约!这是什么样的速度!"

"走吧,"柴斯特对亨利和塔克说,"我带你们去我的树桩。"

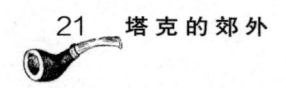

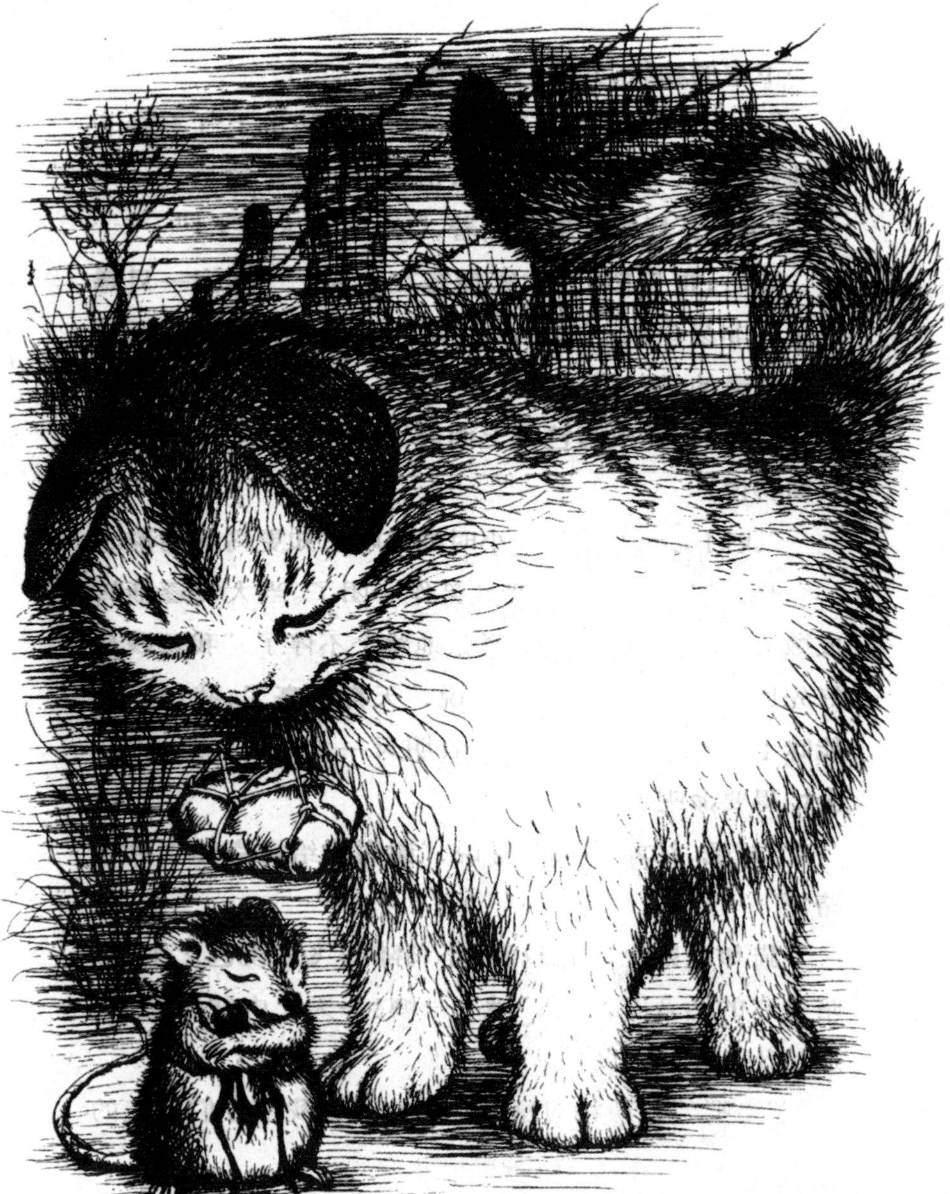

Tucker's Countryside

它带着它俩越过篱笆的最低处,走进大草原。那是一条两旁绿草茵茵的小径,而此刻,逐渐向天际隐没的月亮依旧明亮,照亮它们前行的路。"小心,不要走得太靠右侧啊,"柴斯特叮嘱道,"下面就是小溪呢。你们俩会游泳吗?"

"我会,可我讨厌游泳。"亨利猫说。

"我也不知道我会不会,"塔克说,"但今天晚上我可不想尝试。"说着它便向左走进来一些。

回家的路上,柴斯特坚持要听它们说说纽约的事情,尤其是白利尼家的。于是,猫和老鼠走着讲着,柴斯特则边听边跳跃前行。玛利欧目前在朱利阿德音乐学校学习小提琴。因为柴斯特在纽约期间的演奏,他对音乐产生了浓厚的兴趣,并决心要以此为业。"我听见他对史麦德利先生说,他之所以选择小提琴,是因为它的声音听上去比其他任何乐器都更像是蟋蟀的叫声。"亨利说。至于那个因为给《纽约时报》写了信而令柴斯特一举成名的史麦德利先生,已经成为当地最有名的钢琴教师之一。"主要是因为他一直在告诉别人是他发现了你,"塔克说,"其实是我发现的嘛!"白利尼老爸老妈过得也挺不错。那些自柴斯特举办音乐会以后才开始惠顾他们报摊的人们,在柴斯特离开之后仍然会到那里买报纸杂志。"而且,你知道吗,"亨利猫说,"他们已经抱怨那报亭

那么多年了——什么太旧啦、已经要散架啦,可现在当他们能够买得起一个新报亭的时候,他们竟然决定不买了!老妈说,那太像是硬要把一个老朋友变个样儿了。所以,一切如旧,一如往昔!"

"我真高兴啊!"柴斯特说,"我喜欢回忆的时候把所有的东西都想象成老样子。"

穿越草原,它们最终到达了柴斯特的树桩。"我想象中就是这个样子的。"塔克老鼠说。树桩就在岸边,不高不矮,小溪恰恰在这个地方拐了个弯。所以,树桩两面都有汨汨的溪水,上面还有一棵大柳树低垂下来的花边一样的枝条。

"但愿里面的地方足够大,能让亨利也进去。"柴斯特说着,从树桩的一个开口处跳了进去,"今天下午,我喊了些田鼠来,把这里的地方挖得又大了一些。"

"你们这里也有老鼠?"塔克问,跟着柴斯特进去。

"有好多呢,"柴斯特说,"明天你就能见到它们了。"

"地方挺大的。"亨利说着,在树桩凹洞里柔软的木地板上舒展开身体。

柴斯特指指它们头顶上面问道:"你们还认识它吗?"被溪水反射回的月光,就在那里聚成一道银光。

"是你的铃铛!"塔克说。

"我的铃铛。"蟋蟀点点头,"我在旁边的公路上找到

一段绳子,就把它吊在了天花板上。"

"对了,我还有别的能令你想起纽约的东西呢。"老鼠说着,开始小心翼翼地解开那个包裹——离开公路之后,它就一直自己背着它了。

"我们终于可以看看是什么了!"亨利说,"从时代广场出发时我们就一直拎着这东西呢。"

"腊肠!"柴斯特叫道——塔克老鼠打开的蜡纸上面躺着一大块腊肠。

"这是我今天早上才从尼迪克的午餐供应台上偷来的。"塔克说,"还记得你到纽约的第一个晚上吗,我们一起吃腊肠来着?我想它今天依然会美味无比。"

"噢,你真是太好了!"柴斯特叫道,"离开纽约之后,我就再也没有吃到过了。"

于是三个朋友一起坐下来,享受这美味的腊肠夜宵。如同所有老朋友见面都喜欢话旧一样,谈话间,大家又回忆起了柴斯特的那次城市冒险。而树桩外面,夜色正逐渐退去。

谈话间歇,亨利猫问道:"那么,大草原到底遇到什么大问题了呢,柴斯特?"

蟋蟀摇摇头。"事情非常严重。来,我让你们看看。太阳马上就要升起来了,你们可以看得清楚了。"它从洞口跳出树桩,又跳到树桩上面去。亨利和塔克也跟随它爬

了出来。在它们的头顶上,一抹淡淡的熏衣草色的光亮——也就是那种紫丁香的颜色——让天空显得越来越高。天亮了。"现在,看看四周吧,"柴斯特说,"环顾草原,告诉我你们看到了些什么。"

塔克和亨利照着它说的做了。它们看到了柴斯特树桩周围那平坦而又绿草茵茵的土地,离这片多树地带不远处就是草原,向西再远些,一道山坡上也是树木成林。透过那些无处不在的灌木、芦苇,它们看到那条小溪闪着光亮奔向前去。这黎明中的草原看上去是如此新鲜,一草一木都宛若新生。

"太美了!"亨利猫说。

"再看看草原之外吧!"柴斯特说,"看看草原以外的地方。"

山坡之外,树林之外,到处都是房子。东面,就在太阳刚刚升起的地方,两幢新屋正在建筑之中。"只能看到房子。"亨利猫说。

"就是啊,"柴斯特附和道,"房子!"

塔克老鼠搔搔脑袋,问道:"我不明白啊,柴斯特。房子怎么啦?"

"说来话长啊,"蟋蟀说,"等我们睡醒之后我再慢慢解释吧。趁着现在,我们先睡一会儿吧。"

Tucker's Countryside

第三章

大草原

没人能睡得踏实。塔克和亨利是因为终于来到了康涅狄格州而兴奋不已。而柴斯特呢,见到老朋友高兴之余,重又为大草原忧心忡忡得难以入睡,只是眯了一会儿而已。几个小时之后,大伙儿都觉得这么睡不着而硬是装睡实在是愚蠢,就决定起来。

起来之后的第一件事情就是到小溪边喝水。"太好喝啦!"当亨利品尝到那清洌的汩汩溪水时叫道,"比我们从地铁墙壁上那些管子里接到的玩意儿新鲜多了。"

"是啊,这溪水能做成多少种口味啊!"塔克老鼠说着,想起了自己从午餐供应台上窃得的那些苏打汽水。

"没什么比我的小溪水更可口的了。"蟋蟀柴斯特说着,用它的两只前爪掬起一捧清凉的水浸润脸颊。这是它习惯在每天早上做的第一件事——即使是在冬季最冷的日子里——这能让它清醒。"我们回树桩去吧,"它说,"你们可以看看白天的大草原是什么样子的。"

国际大奖小说

蟋蟀一个箭步跃上了树桩,塔克和亨利跟在它后面。在它们周围,这个明亮的六月清晨,就在那些嫩绿的叶片和刚刚盛开的花朵上闪闪发光。对于一只到目前为止仅培育过三根路边野草的老鼠来说,眼前的景象简直太壮观了。塔克觉得自己的心中诗意大发。"看啊,多么可爱啊,亨利!"它说,"树们,花们,刚刚钻出的小嫩芽们——啊!——噢!"它打了个大喷嚏。

"上帝保佑。"亨利猫说。

"谢谢,亨利,"塔克说,继续着它赞美自然的圣歌,"噢,郊外,这美丽的郊外啊!——啊!——噢!"但这次又被一个更大的喷嚏打断了。

"你怎么了?"亨利问它。

塔克用一只前爪抹了抹鼻子——虽然不太雅观,可谁让这会儿手边没报纸呢。它又揉揉眼睛,突然意识到身上有些发痒。"亨利,"它幽幽地说,"我觉得我染上花粉热了。"

"别告诉我你对所有这些可爱的绿色新芽过敏啊!"亨利猫说道,一副诡秘的样子。

"求你别说了,亨利,"老鼠说,"柴斯特,你树桩里有报纸或是面巾什么的吗?我得揩揩鼻子。"

"对不起,我可没有。"蟋蟀柴斯特说。

"那我就不得不用树叶啦。"塔克说着,从树桩上爬

塔克的郊外

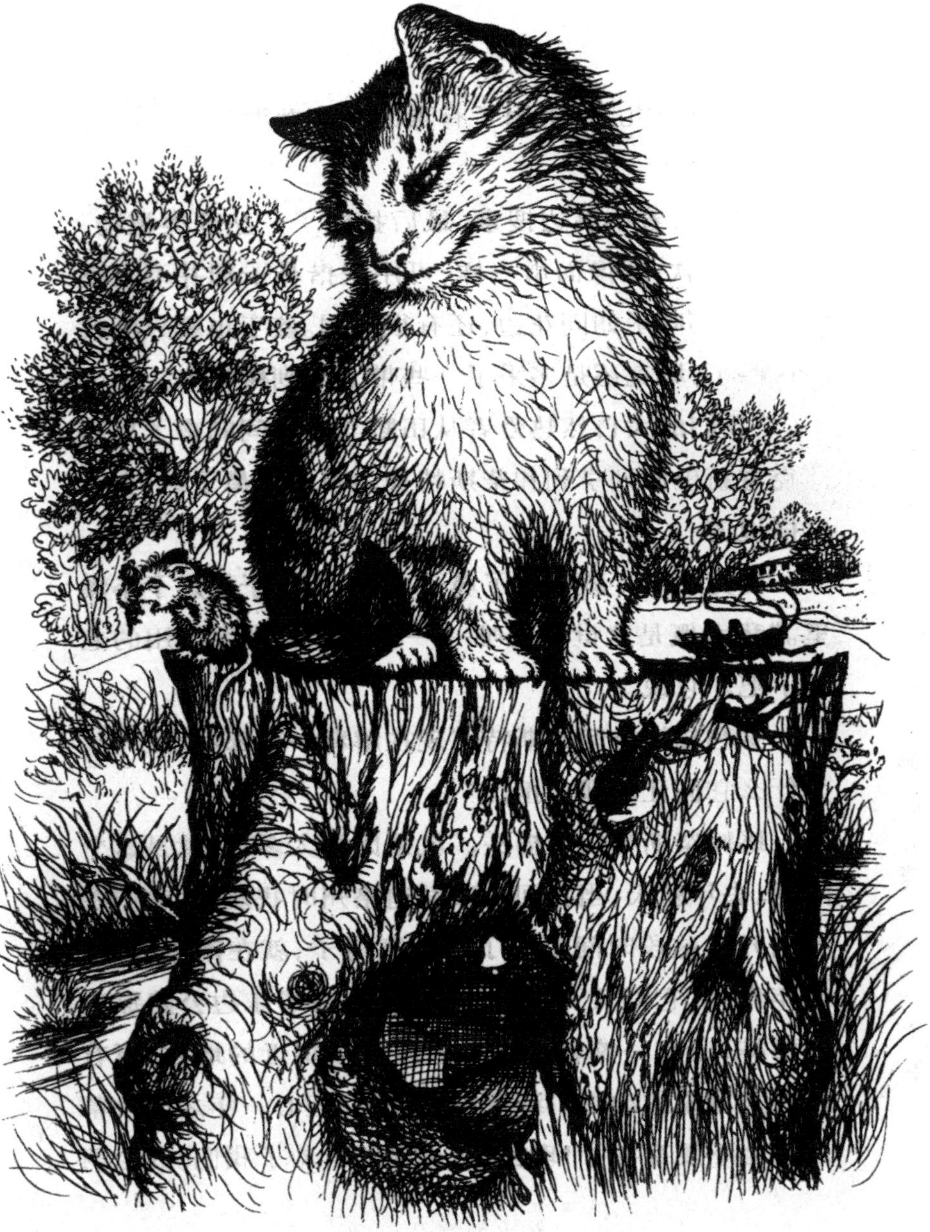

下来。

"小心点儿,可别用了有毒的常春藤啊!"亨利猫在它后面喊道。

塔克沿着小溪边搜索,最后找到了一丛蕨类植物,漂亮又柔软,就像面巾一样,可用来揩鼻子却并不太理想,因为那叶子如同花边,还有很多洞。鉴于也就只能找到这些了,塔克还是多采了一些带上回到树桩来。

"我们的大自然热爱者从田野与幽谷间归来了!"当塔克重新坐回到亨利和柴斯特身边吸溜着鼻子时,亨利这样说道。

塔克用一片蕨叶揩了鼻子之后,把叶子扔进了小溪里。"我大概是这世界上唯一一只拿叶子当手绢用的老鼠了吧。"它说。

亨利猫转身问柴斯特:"现在解释一下那些房子吧。为什么它们让你那么担忧?"

蟋蟀柴斯特摇了摇头。"就是因为太多了!就是这个问题。去年秋天,当我回到康涅狄格州时我发现,它们在我离开的这段时间里盖了两栋新房子,就在南边那里。今年春天,它们又开始盖另外三栋。除了东边公路那边的两栋,还有一栋就建在离草原北角很近的地方。所有住在大草原的动物们都害怕得要死,担心一年之内大草原就会不复存在了!现在,是小溪暂时救了我们。因为两

岸都是沼泽,而且有时还会发洪水。但就在两星期前,松鼠比尔——比尔是只松鼠,你们稍后会见到它的,它经常在那些房子附近的树上游荡。它带来消息说,它听见两个房主谈及海德雷镇建设的一些计划,说是要把小溪装进管道!"

"什么是管道?"塔克老鼠问。

"就是一种混凝土的管子,"柴斯特说,"这个计划就是把小溪引入管道,让它在地底下的混凝土管子里流淌,而不再像现在这样在外面跑。这样人们就能把沼泽地弄干了。如果他们那么干,就没有什么能够阻止他们了,之后他们就会到处盖起房子来!"

"太棒啦!"塔克说,"那就跟纽约一样啦!也许他们还能建地铁呢!"

"但我们不想让这里跟纽约一样!"柴斯特说,"请别误会。我喜欢纽约,我在那里度过了一段愉快的时光。但我更热爱郊外。我并不抵触房子——如果它们出现在它们应该出现的地方的话。你看,有时候我甚至会跳到人们的居住区去,我尤其喜欢在下午的时候去。你可以听见主妇们在用吸尘器清洁,或是看见她们正在晾衣服。狗儿们就在台阶上的太阳地儿里打着瞌睡,等着孩子们放学回来。不知道为什么,这让我觉得非常有趣和开心。一切都在忙碌着,一切又都是那样的安详。然后,我再跳

回草原来,在这儿,我更开心,因为这里是我的家啊!"蟋蟀长久地凝视着草原,目光里满是爱意与归属感。亨利和塔克相互对视了一下。

"不仅仅是我,"柴斯特继续说道,"将要发生的事对住在这里的动物们将会意味着什么呢?我姑且还能在另一些小灌木丛里栖身,有家没家都无所谓。知更鸟约翰和松鼠比尔也可以,它们并不介意房子,只要这周围还有树。可那些野兔、花栗鼠和雉鸡怎么办?还有乌龟赛门——如果它们将小溪转入地下,它就必死无疑了!"蟋蟀艰难地换了另一双腿来支撑身体,陷入了沉默。塔克和亨利还从未见过它这种焦虑的神情。

"先别担心,"亨利猫说,"咱们得想点法子,柴斯特。"

"我当然希望!"柴斯特说,"可所有我认识的草原上的居民们——我们没人能想出一个好办法来!"

为了让猫和老鼠对这个问题有更清楚的认识,也为了让它们见一见自己的朋友,蟋蟀带上它们两个开始了一次"草原之行"。草原大致上是四方形的。水库溢出的一股水流形成了那条小溪,从草原西南角向东流入草原。它先是和草原南部边界平行地流淌,直到在东南边遇见山地和树林。因为到处都是石块,它就在那里向草原中央拐了弯,开始一路向北流淌。然后,无缘由的,当

Tucker's Countryside

它快接近北部边界的时候,它突然又"改了主意",形成了一个急转弯——就在柴斯特树桩坐落的地点——然后向东流淌,直到从草原的东北角跑了出去,就仿佛它是那么热爱这片土地,只想尽量多地在这里停留,如同每个住在大草原上的人一样。

柴斯特首先率领它的朋友穿越它命名为"土堆儿王国"的地方。这是一片由它的树桩向南延伸的地带。自然,这里到处都是土堆儿,还有不同的野兔和各种各样的田鼠。柴斯特是这样介绍它们的:"按名字叫你们根本叫不过来,"它说,"所以我只好说,亨利猫和塔克老鼠啊,这些是不同的野兔和各种各样的田鼠。"

在四周的土堆儿上那些高高的草丛间,有许多胆怯的满是胡须的小脸,那些柔顺的褐色眼睛在偷偷张望。"我想,那些各种各样的田鼠都很害怕亨利呢。"塔克老鼠小声说。

"不用害怕!"柴斯特大声喊道,"都是朋友。它们是来帮助我们的。"

一阵沙沙的耳语的声音。随后有个细小的声音传来——大概是发自身形最小的那个种类的——那个声音喊道:"好啊!"

三个人继续在大草原中沿着小溪行进。塔克不时停下来摘几片蕨叶作手绢。"大家都指望着我们呢,是吧,

柴斯特?"老鼠说,"我是说,拯救草原。"

"当然了!"柴斯特说,"我们绞尽脑汁那么多个星期了,可就连乌龟赛门也想不出办法来。"

"我们什么时候可以见见乌龟先生?"亨利猫问。

"很快,"柴斯特答道,"穿过牧场,我们就能到达赛门住的池塘了。你知道,整个草原早先是一个农场的一部分。几年前农舍烧毁倒塌了——可地窖还在,就在小溪向西有许多树的那块地方;而我们现在所在的地方——牧场,曾经是农夫牧牛的地方。你们看,这里的草多好,又绿又密,是吧?"

的确,它们脚下的草地又软又厚实,就像是被精心修剪过,遍地是毛茛与勿忘我。靠近小溪的湿地上,优雅的紫色蝴蝶花摇曳在高高的枝头。塔克老鼠发出一声叹息:"啊,乡下!"然后就又开始打喷嚏、揩鼻子。

走到牧场的尽头,它们来到了山坡,小溪就是在这里转向草原的中央地带的。在一处斜坡下面,溪水形成了一凹幽深宁静的池塘。水流在这里变得迟缓,一尾闪着光的游鱼在这洼幽暗却生动的深邃中清晰可见。这里就是赛门的池塘。不要说那条鱼了,连那两三条狡诈的水蛇、六只自负的牛蛙算在内,都会心甘情愿地承认是谁统治这片水域。到目前为止,乌龟赛门是大草原上最年长和最受尊敬的居民。虽然它现在有个弱点——有点

儿太爱怀旧了——像许多老人那样。

柴斯特看到它正在岸边一块原木上晒太阳。"乌龟先生,这就是我跟你说过的我的朋友,亨利猫和塔克老鼠。"

赛门从它黑色的、带花纹的壳下探出脑袋来。它的目光犀利而睿智,却绝无不善。它长久地、仔细地审视着亨利和塔克——当那双目光射向你时,你肯定知道你是在被审视着!"见到你们很高兴。"赛门的声音很粗,却很柔和。亨利和塔克也都赶紧向它问好。"你们觉得我们的草原怎么样啊?"赛门问道。

"很美!"亨利说。

"很漂亮!"塔克说,强忍住一个喷嚏。

"你们本该看到我像你们这个年龄时看到的草原的样子啊。"乌龟赛门说,"那时候才是真正的郊外呢!路那边只有三四栋房子,东边,还有北边和南边也就一两栋吧。而西边,根本什么都没有!只有被茂盛的草树覆盖着的山头。你们知道吗?那时候,草原上甚至还有鹿呢。"

蟋蟀柴斯特知道老乌龟又想要塔克和亨利一起分享它的回忆了。于是它想,自己该给它个暗示,让它从回忆里跳出来。"乌龟先生的一个好友就是一只鹿,叫作耐德。"

"是最好的朋友,柴斯特——最好的,"赛门说,"直

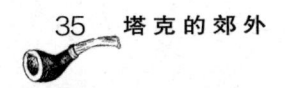

到我遇见你。它也是个跳跃能手,耐德鹿!那么健壮帅气,长着漂亮的长角。也不知什么原因,我俩情趣相投,成了最好的朋友。我不擅长走路,你知道——可当我和耐德出去散步的时候,它总是用它那长腿在我身边慢慢地踱步,这样我才能跟上它。噢,我们说的那些话!还有那些日子啊!"乌龟摇了摇头,沉浸在回忆带给它的快乐里。"但是耐德的亲戚们——它们本应该在这里继续生活下去的——知道要发生的事。它们预见到树木被伐与山坡被挖意味着什么。它们告诉耐德它们得赶快离开,到水库以外的西部去,那里依旧被森林覆盖,完好无损。它们就那么一个一个地走掉了。但耐德没有。它留在草原,不仅仅是因为对我的友谊,我想。它是一只最后才离开的鹿。"

赛门的目光变得深邃,向壳里微微缩了缩脑袋,似乎重又被旧伤刺痛。"后来,秋天来了——那是个十月。那天下午,耐德和我都突然意识到整个西部就在一个夏天之内被开垦,应该说,是在我们浑然不觉的情况下。那真是个可怕的下午啊!第一次,我从它那双美丽的褐色大眼睛里看到了恐惧,而我的心也一阵阵揪紧了起来。我对它说:'耐德,你必须离开了,毫无疑问。等到天黑下来,快跑吧!那边大概只有几排房子而已,你可以越过那里到水库去。'耐德什么也没有说,只是点点头。我们便

Tucker's Countryside

开始朝着小溪的源头走去……我不能再回忆下去了——这些留给了我太多的伤感。"

乌龟赛门清了清嗓子,继续说道:"令人庆幸的是,那个夜晚清冷而薄雾弥漫,耐德因此可以隐蔽其中。我们就站在这里,站在小溪边,谁也说不出一个字。最后,我必须要开口了!我说'走吧,耐德!看在遗憾的分上——快跑吧!'它俯身望着我,因为发生了如此糟糕的事情而眉头紧锁——然后,一言不发地转身跑去了。我一直能听见它的蹄声,先是在草坪上,然后是在人们建成的街道上。你知道,那种感受你一生难忘——那种你最好的朋友为了谋生而逃离的声音,而你知道你再也见不到它了。"

乌龟赛门陷入沉默,在回忆中再次体验那种可怕的感受。而后,又一次陷入其中。它深深地吸了口气,说:"太久远啦——那么多年了!我甚至记不清是哪年了。可怜的耐德,可怜的耐德。按照从那以后人们开发的方向,估计它现在已经被赶到缅因州去了!"

"至少它逃掉了,"声音来自塔克身后,细小而忧伤,"比我们强多了。"

塔克转过身,在它身后,两个有趣的小动物坐在它们的后腿上。每只都有着茶褐色的皮毛和明亮的黑色眼睛,脸上都是一副焦虑的神情。"这是花栗鼠哈里和他的

姐姐艾米莉。"柴斯特介绍说。

"你们好!"花栗鼠艾米莉说着,对着客人微微颔首。它比哈里年长几岁,非常有礼貌。

"你们能来,我们太高兴了,"哈里说。刚刚说话的那个就是它,"我们就会安全了,是吧?"

"哦——我——希望如此。"每个人都对它那么有信心,倒让塔克老鼠有点儿紧张起来。它环顾四周,发现它们已经完全被草原的动物们团团围住了。就在乌龟给他讲耐德鹿的故事的时候,不同种类的野兔和各种各样的田鼠四下散去,在整个大草原上奔走相告:柴斯特的大城市朋友来了,现在事情就要有转机了。"我真的希望我们能够帮助你们。"塔克紧张地说。

"我知道你行的!"在它们头顶上有人说道。半山腰上有一棵榆树,一根树枝延伸到池塘上方,有只松鼠就蹲坐在上面。

"它就是比尔。"柴斯特说。

"嗨!"松鼠比尔朝下面打招呼。它从树枝钻回去,滑下树干,蹿到它们跟前来,迅速得像一团蓝色的火焰。"现在说说你们的计划吧?"

"计划?"塔克无助地看着亨利,"亨利——什么计划啊?"

"你是保护郊外的专家啊,"亨利说,"计划怎样做

Tucker's Countryside

啊?"

"嗯——计划。"塔克开始急切地思索,来来回回地踱着步子。"计划,计划——"突然之间,它真的就有了个计划!"哦,当然了!计划嘛!"它因这计划的得来全不费工夫而摇了摇脑袋。"真是啊,柴斯特,这很显而易见嘛,我很惊讶你怎么没能自己想出这个办法来。"

"什么?""什么?""什么?"大家立刻喊出声来。

"柴斯特要做的,就是演奏!"老鼠说道,"我的意思是,演奏人类的音乐!当人们发现当年在时代广场名噪一时的蟋蟀如今就生活在康涅狄格州,又开始举办音乐会了的时候,怎么还胆敢踩躏它的草原!"

"噢,塔克,我确实想到过这招儿。"柴斯特说。

"噢,你想到过,是吗?"塔克问,别人已经先它想出了这个计划让它有些意外,"那你为什么不那么做呢?"

"没用的,"蟋蟀说,"首先,如果我又开始举办音乐会,没准儿就会有人要捉住我,虽然我不介意。如果让我住进笼子里能够拯救草原的话,我愿意。即使我没有被人捉住,我就待在这里,那么人们就会蜂拥而至。你还记得当年我在地铁站演奏时的拥挤程度吧。他们会开车过来,走着过来,他们会将草原践踏得体无完肤!我们只想要草原保持现状。"

"嗯,"塔克老鼠喃喃自语,"我想你是对的。"

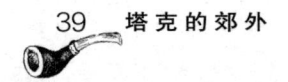

"那下一步的计划呢?"松鼠比尔问道。

塔克看了看周围那些满怀希望注视着它的脸,换了另一只脚站着:"现在,我什么也想不出来了。"

忧郁在动物们之间蔓延。大家窃窃私语:"没有办法了","没有其他办法了","这老鼠没主意啦"。

花栗鼠哈里望着塔克的眼睛,半天才将目光转向别处。"我们一直——我们本来一直——指望着你,老鼠先生。柴斯特告诉我们你有多么聪明,我们就觉得——我们觉得——"它的声音哽咽了。它抬起两个小小的前爪蒙住眼睛,开始哭泣。

"好了,好了,哈里,别这样。"蟋蟀柴斯特拍了拍花栗鼠的后背。蟋蟀太小了,花栗鼠只在皮毛上有一点儿感觉,但这一拍还是奏效了,花栗鼠停止了哭泣。"塔克和亨利今天才到。它们还要再想一想。不如你们大家先回家去吧?尽量不要担心——很快会有办法的。"

大家逐渐散去。花栗鼠临走的时候,艾米莉对塔克和亨利说:"有空到我家去坐坐吧,我们就住在西边——住在那边农舍的地窖里面。"

"好啊。"亨利猫说。塔克则不发一言。

等大家都走了以后,乌龟赛门冲老鼠伸出脖子,说:"别太沮丧了。那哈里还是只太年轻的花栗鼠呢,它们也都比较感性。一向如此。"

Tucker's Countryside

塔克老鼠摇了摇头。"这是我遇到的最糟糕的事情了。比在地铁里被踩到还糟糕。我以前从没见过花栗鼠哭。"

"你以前根本就没见过花栗鼠!"亨利猫说。

"可那哭声真的触动了我,亨利,"塔克说。它不耐烦地跺着脚——只有它自己才会让它不耐烦,"我们必须得想出个法子来,亨利!我们必须!"

"好啦,别着急,小耗子。"亨利猫把爪子放在塔克的背上——但这次非常温柔,"我们会有办法的。"

第四章

艾 伦

　　亨利、塔克、柴斯特和乌龟赛门焦虑的静坐突然被头顶那棵榆树上一阵剧烈的颤动惊扰了——松鼠比尔本来已经回到它自己的树杈上去了,但这会儿它却焦躁地跳来跳去,并冲它们喊道:"快看啊,来了一个……"

　　没等它喊出来,大家都已经看清来者是谁:一只巨大的圣博纳犬跳跃过山头,停顿之下看到了亨利猫,随即便如同一辆战车向它直冲过来。就在塔克还没琢磨清楚自己到底会不会游泳的一瞬间,它已被惊骇之下的亨利撞下了小溪。事实证明,塔克是会游泳的。待它劈里啪啦地划着水回到岸边,正好看到亨利猫——它并没有逃开,而是狠狠的一爪子,正中圣博纳犬那柔软的鼻头。大狗用后腿站立了起来,而亨利则使了一个巧妙的花招,从它两腿间猛冲出去,奔上山坡,爬上树干,跑到了安全的枝头。大狗在它后面狂追,愤怒地叫嚣。有那么两三次,它跳起来,试图跳到榆树树干上去,却都无望地跌落

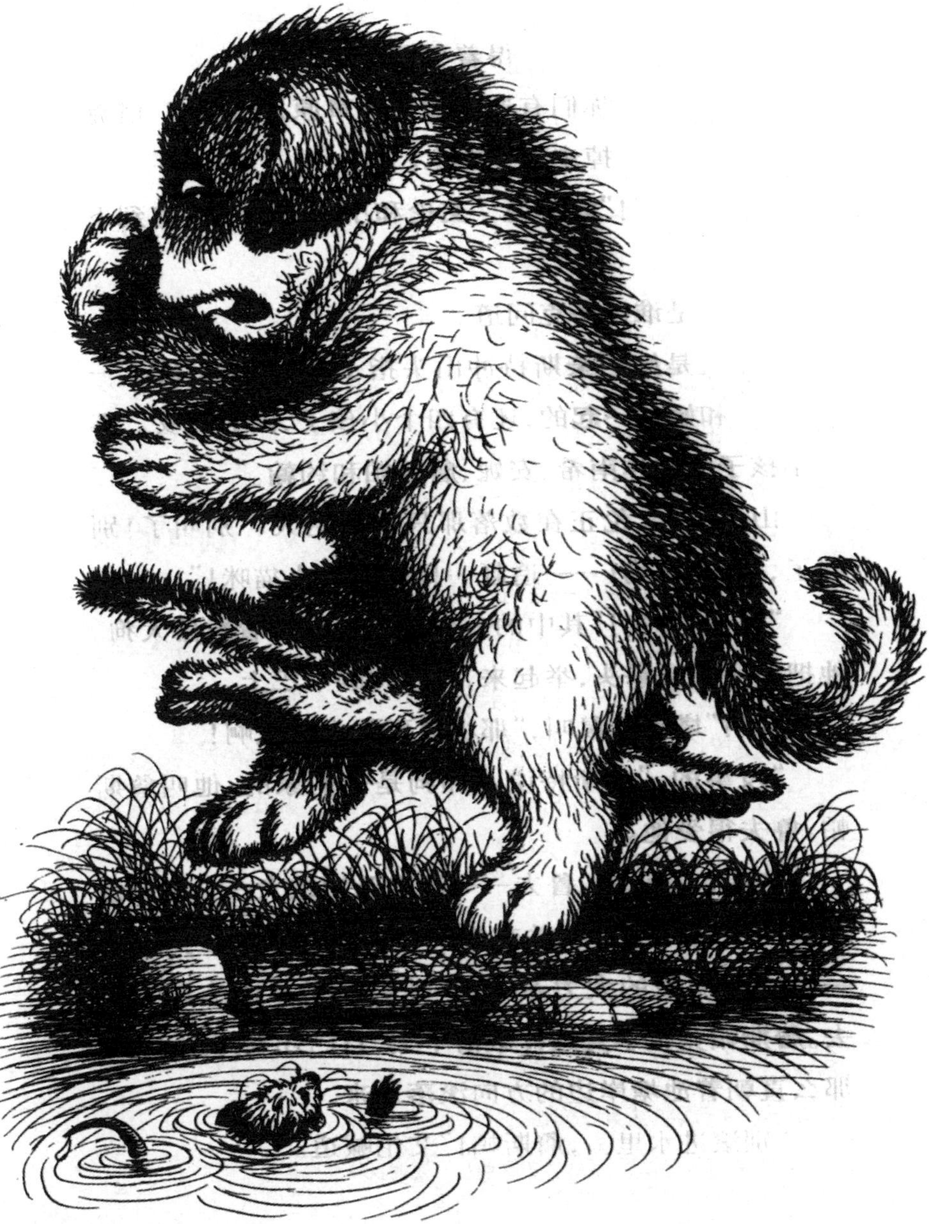

下来——它根本无法够得着亨利。

"真不错啊,你们有这么和平的草原,柴斯特!"塔克老鼠边说边抖落掉皮毛上的水。

"太可怕了!"蟋蟀说,"艾伦和小孩子们通常直到下午才会来的。"

"艾伦是谁?"塔克问道。

"那就是她。"柴斯特冲山头指了指。那里出现了一个女孩。和她在一起的,还有四个小孩子,两男两女。"那些小孩子们叫作南希、安妮、詹斯帕和约翰。"

山头上,艾伦正在数落那只圣博纳犬。"别叫了!别叫了,鲁夫!坏狗!——追赶一只那样的小猫咪!"

"坏狗!坏狗!"其中的一个小男孩也跟着数落大狗。他把右手握成拳头,举起来,打在狗的下巴上。

"噢!"塔克老鼠叫,"那小孩儿可得小心点啊!"

"没事的,"柴斯特说,"那狗是他们家的。他叫詹斯帕。鲁夫很爱他。"

柴斯特正说着,鲁夫——那条圣博纳犬——好像意识到了詹斯帕的拳头并非爱抚,它靠上来,给了男孩子一个格外痴情的大力亲吻,直让男孩子从山头滚了下去。詹斯帕竟很享受这样滚落下去,自己还发挥助兴,就那么直朝着池塘岸边的方向滚落过来。

"别滚进水里去,詹斯帕!"艾伦喊道。

Tucker's Countryside

詹斯帕就在岸边上停了下来。他站起身来,怏怏不乐道:"我从来不能做所有事!"

"'我从来不能做任何事!'"艾伦纠正他的说法,"可你做了!不能做的你全都做了。"她抬头看了看坐在树杈上的亨利:"来,猫咪猫咪猫咪猫咪!下来吧——我不会让大狗伤害到你的。"

亨利冲着她"喵——"的叫了一声。她当然不明白,可塔克和柴斯特懂得亨利的意思。亨利在说:"我想在这儿待一会儿,谢谢你。"

"我们到'特别乐园'去吧,"艾伦对小孩子们说,"这样猫咪才有机会下来,詹斯帕,你看好鲁夫,别让它跑开。"

"别跑开啊!"詹斯帕冲着那狗喊道。他还拉起它的一只耳朵,冲里面吹气。可鲁夫并不生气,反而被这挑逗弄得开心地叫开了,然后跟着艾伦他们离开了池塘,下到山坡的另一边去了。

柴斯特和塔克爬上山坡来到树下时,亨利正好从上面爬下来。"哈,这真是次超爽的经历啊!"它说。

"那家伙追你时说什么了?"塔克问道。

"它什么也没说,"亨利猫说,"就光是叫。我觉着它跟人待得太久了,已经忘了怎么跟其他动物说话了。"

"活该!"塔克嘟囔着。

"你没受伤吧,亨利?"柴斯特问,"它并不是一只坏狗,真的。"

"没有,我没事,"亨利猫说,"我也知道它不是坏狗,只不过干了康涅狄格州的狗们常干的事——追赶猫。可我觉得这种做法真是幼稚。但至少那女孩还是喜欢我的。"

"她一直想要一只猫呢,"柴斯特说,"她和她的父母——哈德雷夫妇——就住在那边。"站在山坡上,大家可以看到草原东面的大路那边,在正对着它们的地方,有一座带绿色花园的白色房子。

"他们跟这小镇的命名者有什么关系吗?"塔克问道。

"不,那是约瑟夫·海德雷,"柴斯特说,"这家人的名字是哈德雷。艾伦是大些的孩子里面唯一一个被母亲们获准可以带着小孩子们到草原上来的。你看,这居民区里既有大孩子,又有小孩子。小孩子们喜欢草原,可当他们长成大孩子以后,通常更喜欢在学校的操场上玩,男孩子们打棒球,女孩子们呢,她们,她们……"

"她们什么?"塔克问。

"哦,她们做女孩子们要做的事啊!"柴斯特说,"可艾伦还是喜欢这里,即使现在她已经是个大孩子了。"

"她多大了?"亨利问。

Tucker's Countryside

"哦,至少十二岁了。"

"呜!"猫高兴地叫了一声,"她也要长大了,是吧?"

"母亲们都很信任她。所以会让她领着小孩子们过来,"柴斯特说,"在山那边,他们有个'特别乐园',他们都喜欢去。来,我带你们看看去。"

三个人蹑手蹑脚地翻过山坡去——亨利尤其步履轻巧,这样鲁夫才注意不到它。山坡的另一边是幽谷,有各种不同的树木点缀其间。小溪从这里流过,去往赛门的池塘,可就在小溪即将离开空谷之前,在一处被七棵白桦树环绕住的地方打了个弯儿。那里的土地松软舒适,覆盖着软软的青草。那就是艾伦的"特别乐园"——整个草原里她最喜欢这儿了。这会儿,她和四个小孩子正坐在这里。柴斯特、亨利和塔克在灌木丛里慢慢地向前挪动,偷听着他们的对话。

"我不明白,"其中的一个女孩说,"这儿怎么有魔力了?"

"就是有,"艾伦说,"整个草原都有魔力,尤其是在这里。"

"就像是巫婆、巫师的那种魔力吗?"另一个小男孩约翰问道。

"不,不是那种,"艾伦说。

"那它就不是魔力!"詹斯帕说。

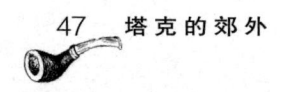

"'那些才不是魔力,'"艾伦说,"这才是!——这是你可以感觉到的东西,就是这样。"每个人都沉默了片刻,尽量集中精神去感知。一棵白桦树上有黄鹂在歌唱。明亮的太阳透过摇曳的枝条和树叶投射下来,斑驳的影子就在他们的周围跳起舞来。小溪哗啦啦地从他们身边流过,仿佛一直在低语着秘密。

"我感觉到了。"第一个小女孩说。

"我也是。"第二个说。

"哼!"詹斯帕放弃了感知魔力,开始跟鲁夫扭作一团。那圣博纳犬先是被压得动弹不得,然后又把詹斯帕掀翻在地,用一只大爪子压住他让他安静了下来——就如同亨利抚慰塔克老鼠的那种方式。

"总之,"詹斯帕在狗爪底下说,"魔力最好显灵!我爸爸说,这里在一年之内就要被开发建设起来了。"

艾伦皱了皱眉,倒吸一口凉气,仿佛被人击中痛处。"不行,这里不能被开发!"她说,"那只是说说罢了。"

"可有什么能阻止他们呢?"詹斯帕问道。

"我不知道。但会有办法的。"艾伦说,"要是没有了草原,海德雷就不再是海德雷了。"

这边的灌木丛里,塔克跟柴斯特耳语:"她是我们这边的!"

"我真希望多些人像她一样。"柴斯特小声回应道。

Tucker's Countryside

"塔克,你真该想出些办法来了——也为了她呀!"亨利说。它拨开了一棵芦苇,这样能看得更清楚些。

艾伦听到了这沙沙声,随即看到了亨利那正向外偷看的毛茸茸的脸儿。"嘘——!都别动,"她对孩子们说,"有只猫咪。现在我要带你们回家去——"

"我们才到这里啊!"詹斯帕大声说。

"我知道,"艾伦说,"可马上就要到午饭的时间了。下午我再带你们来——我保证!我想自己再回来,看看是否能和这只猫咪交上朋友。鲁夫和你们全在这儿,它绝不会出来的。来吧,我们走。"

她领着孩子们翻过山坡来到公路边上。"大家手拉手。"孩子们排成一列——在她左右各两个——手拉着手。艾伦向公路左右两边望了望,说:"好,快点儿——过去吧!"

"你也快点儿!"詹斯帕冲鲁夫喊道。

算鲁夫在内,六个人迅速地穿越了公路。后面就不再有公路了,孩子们可以自己回家去。而艾伦自己则折返回来,重又坐在她的"特别乐园"里。有时候她喜欢自己待在这儿甚于带着小孩子们一起来。

"到这儿来,猫咪!"她喊,"来吧,我不会伤害你的。"

"你成功了,她喜欢你。"塔克对亨利猫说。

"我要过去打个招呼,"亨利说,"那会让她开心的。"

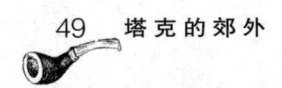

"是会让你开心的吧!"塔克老鼠厌恶地说,"你不正在寻求一些免费的赞美吗,猫咪先生!"

亨利轻轻地走出草丛,坐到艾伦的身边去。"哦,你好啊!"她说着,抚摸着亨利的脑袋,"你是只漂亮猫咪,是吧?没错!你是只美丽的猫咪!"

塔克老鼠冲柴斯特做了个鬼脸。"我真想知道,要是她知道那只'美丽的猫咪'住在地下铁的排水管里,她会说些什么!"

"我不觉得你们住在哪儿会有什么不同,"柴斯特说,"漂亮就是漂亮。亨利确实是一只漂亮的猫咪。"

"猫!它是猫!"塔克老鼠喊道,它对它的朋友获得的这些关注真是有点儿忌妒了。"别用这种幼稚的儿童语言!"柴斯特忍住笑,而塔克却继续激动地说着:"快看看它那讨好她的样子吧,那拱起脑袋凑到她手掌下面的样子!那讨好的叫声简直就像个电影明星!我真没想到我还会看到今天这幕!"

艾伦已经把亨利放到自己的膝上,抚摸着它的后背——从脑袋一直到尾巴。而事实上,亨利十分享受这种抚摸,每被抚摸一下,它都发出一声快乐的叫声。

"你没有项圈啊,是吧,猫咪?"艾伦说着,亨利回应了一声,"我以前从没在附近看到过你啊。你是迷路了吧?"亨利又叫了一声。"你愿意跟我回家吗?我会在我的

屋子里用毯子给你弄个床,还会喂你很多好吃的东西。你愿意做我的猫咪吗?"亨利叫着,翻过身来让她抚摸肚皮。

"来吧!"艾伦说。她抱起了亨利向山坡上走去。

"嘿!她在干什么啊?"塔克老鼠叫道,"柴斯特——看啊!快做点什么啊!阻止她!快啊!"

"我能做什么啊?"柴斯特说。

"可她绑架了亨利猫!"塔克说。

"它并不像不情愿的样子啊。"蟋蟀说。

确实是这样。亨利猫正躺在艾伦的一只胳膊上,瘫软满足得如同晾晒在绳子上的衣服。

第五章

亨利变家猫

在来到康涅狄格州第一个整天剩下的时间里,塔克都用来生亨利猫的气和用蕨叶手绢揩鼻子了。那个下午,艾伦和小孩子们再次回到草原的时候,她并没有带上亨利。但她告诉孩子们,早上她已经和那猫咪交上了朋友,告诉他们它有多可爱,她怎么把它抱回家,以及她妈妈说她可以留它几天看看。然后,如果没什么问题的话,她就可以永久地留下它了。

塔克和柴斯特躲在旁边的灌木丛里偷听。"我不明白,"它说,"亨利为什么不逃跑呢?为什么它不咬,不挠,不抓?"

"它最喜欢让人抚摸它的肚皮!"艾伦告诉孩子们。

"这就是答案了。"柴斯特说。

塔克因不快而咆哮——那是一只老鼠能发出的最大的咆哮声,它说,它肯定天黑之前亨利会跑回来的。

傍晚来临的时候,亨利没有回来。夜晚紧接着来临,

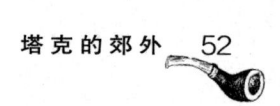

Tucker's Countryside

亨利依然没有回来。柴斯特和塔克回到了树桩。从地铁站午餐供应台上偷来的那些人类的食物才是塔克真正喜欢的,而在大草原,它却只能以柴斯特为它搜集来的干果、草籽为食。后来,在它打算睡觉的时候,小溪发出的像是白天里的笑声的噪音让它一直难以入睡。

"在地铁里我可以睡得着,"它对自己咕哝着,"上下班高峰的喧闹声里我可以睡得着。可这小溪的声音真是没完没了——没完——没了!"

夜晚的郊外似乎并不像早晨看上去的那么迷人。

第二天的日头又大又亮,刚刚爬上地平线就把塔克给弄醒了。一束狡猾的光线从树桩的洞口射进来,刚好射在老鼠的眼睛上。跟大多数城市人一样,塔克老鼠也不习惯于和太阳一道早起。

"在霓虹灯里我可以睡觉,"它呻吟着抱怨着醒来,"可在这样的阳光里就睡不着了!"

蟋蟀柴斯特习惯黎明即起,早已经到小溪边洗漱去了。塔克摇摇晃晃地走到小溪边去,喝了点水,又就近在一片叶子上揩揩鼻子——鼻涕还是一直流!"亨利回来了没有?"它问。

"我没有看到任何它回来的迹象。"柴斯特说。

"好了,到此为止吧!"老鼠叫道,"我们得到哈德雷

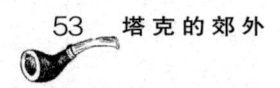

家去看看到底发生了什么!他们可能把它绑住了。"

"好吧,好吧,塔克,"柴斯特说,"尽量保持冷静。我保证它是安全的。"

"我很冷静!"老鼠喊道,然后就向着土丘地带进发了。

柴斯特一直很困难地跟在它的身后。一路上它们需要穿过土丘地带,经过赛门的池塘,翻过山坡,过到公路那边去,才能到达哈德雷家的草坪。这时候蟋蟀已经气喘吁吁。"哇,塔克!"它最后向前跳了一大步,之后便瘫坐在地上,"我们得想想我们该怎么办才行啊。"

"如果有必要的话就打破前门冲进去!"老鼠说。

"我们何不绕到后面门廊那里去呢,"柴斯特说,"也许可以在不被任何人发现的情况下就让亨利看到我们的。"

"好吧,"塔克说,"但是我警告你——找不到亨利,我是不会离开这里的!"

它们悄悄爬到屋子的后面去。屋子的这面有个阳光回廊,只有一扇纱门将温暖的春天隔绝在外。柴斯特和塔克向里面偷偷张望。屋里,亨利正四脚朝天地躺在软垫子上的一洼阳光里打着鼾——那个软垫子很明显就是专门给它设置的。"亨利!"塔克急切地小声叫道,"亨利,醒醒!是我们呀!"

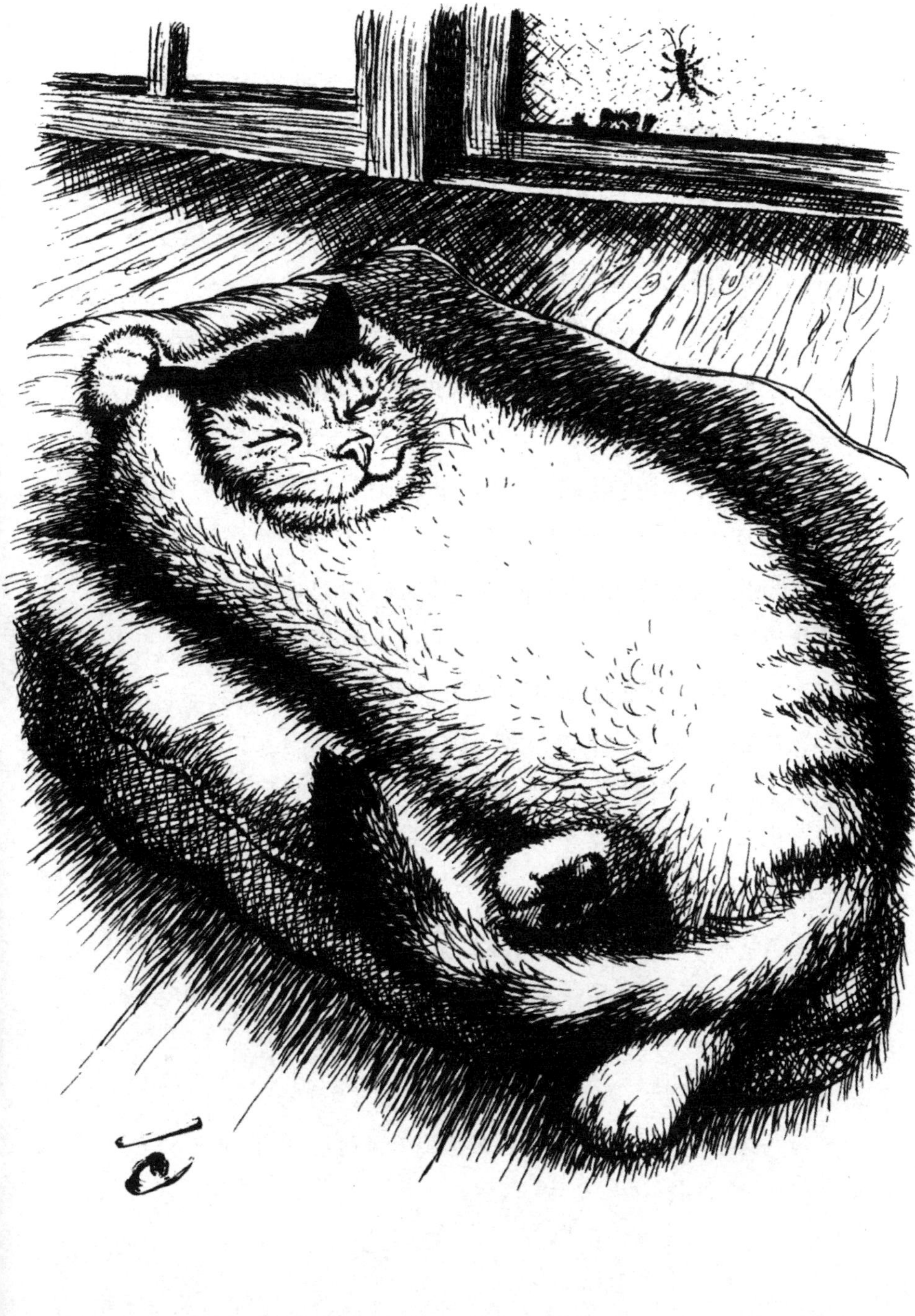

亨利猫睁开一只眼,看清是谁后,走过来,隔着纱门说:"好,好!"它叫着,"是我从乡下来的朋友啊。野外的生活如何啊?"

塔克并未察觉出亨利语调里调侃的口吻,只是生气地问道:"你在这里干什么呢?"

"等着吃早餐啊。"亨利猫说。它飞快地看了塔克一眼,咧嘴笑笑:"昨天的晚餐太好吃了,我都等不及要看看我今天早上要吃些什么啦!"

"晚餐?"塔克老鼠的脸上呈现出一种悲伤又一往情深的表情,"你晚餐都吃什么了?"

"嗯,他们没准备猫食,所以他们自己吃什么就给我吃什么了。"

"我能问问吃什么了吗?"塔克说。

"先吃了点虾味的开胃小吃——"

"亨利,别说了。我改主意了——不想听了。"

"——然后是烤牛肉和法式煎马铃薯,以及有着丰富奶油和芝士酱的菜花——"

"亨利,求你了!你不能这样对我,求你。"

"——还有甜品——他们都觉得看着一只猫咪吃甜品很快乐——他们给我吃了香草冰淇淋——"

"亨利!"

"——上面还有巧克力酱呢。"亨利结束了对美食的

Tucker's Countryside

描述,笑着问塔克,"不错吧?"

塔克转身向蟋蟀柴斯特道:"谁能想到,一个老朋友会如此残忍。"柴斯特强忍住笑,耸了耸肩。

"你们昨天晚餐吃什么了?"亨利问。

塔克苦笑了一下:"一点儿野生干果和草籽。"

"野生干果和草籽!"亨利叫道,"听上去很有乡村特色啊。"

"这些东西确实都很有乡村特色——请你原谅我这么说,柴斯特——可对于一只习惯于在纽约那些最好的午餐供应台搜寻食物的老鼠来说,却不太能吃得饱啊!"

亨利突然向起居室望去——那里有扇门通向阳光回廊。"嘘!"它警告说,"艾伦来了。快躲到纱门旁的篱笆那儿去。"

就在艾伦走进阳光回廊里的一刻,塔克和柴斯特消失在篱笆里。她端来浇了酱汁的熏肉煎蛋。"妈妈说,她今天会去商店里买些猫粮来,"她把食物放到亨利面前时对亨利说,"但现在你愿意先吃点熏肉和煎蛋吗?"

"喵!"亨利猫叫。

艾伦走到纱门前向外看了看。东风开始将层峦叠嶂般的灰色云层抬升起来,直推向高高的天际。"如果天气好,我们今天上午要到草原去,"她对亨利说,"要是下雨的话,我就再来给你梳理。"说完便回主屋吃早餐去了。

还没完全安全下来,塔克老鼠就已经从篱笆奔了过来,把鼻子抵在了纱门上。"看到我说的食物了吧?"亨利说,开始悠闲地咀嚼起一片熏肉来。"又香又脆——正是我喜欢的。"

塔克开始流口水。"亨利猫,你是不是打算就坐在我面前吃啊?"它愤愤不平地问。

"那你想让我转过身去?"亨利问。

"不!"老鼠喊道,"我让你给我点儿!"

"好吧,也许我能把这门打开。"亨利说,语气不太肯定。

"你最好能,"柴斯特说,"否则它会把这门啃个洞钻进去吃掉那些东西的!"

亨利笑着用后腿站了起来。那纱门的碰锁对这么一只聪明的大猫来说根本不在话下,只一阵子,它就让大门洞开得足以让塔克翻过门槛爬进来。老鼠朝熏肉煎蛋跑过去,差点儿没跳到里面去。

"好吃吧,嗯?"亨利问。

"好——吃!"塔克嘴里塞满食物咕哝道。

亨利也给了柴斯特一些早餐,但蟋蟀不吃。现在的它并不介意吃一口人吃的东西,但那是在纽约,在康涅迪格州,它还是愿意吃草原里生长出来的东西。

等到猫和老鼠都吃完了——塔克吃了绝大多数的

东西,亨利只吃了半片熏肉——老鼠舔了舔下巴说,"好啊,真不错。我们走吧。"

"是啊,你最好走吧。"亨利猫说。

塔克瞪着它问:"你什么意思啊,'你最好走吧',难道你不走吗?"

"好,如果不下雨的话,我们草原见,"亨利说。它扫了一眼纱门外头,"可我觉得会下雨。如果那样,上午艾伦大概就要过来给我梳理梳理。喜欢我的皮毛这个样子吗?很漂亮吧,嗯?她昨晚给我梳理了两个小时呢,用她妈妈最好的发梳。"

"你的意思是,你要待下去了?"塔克叫道。

"我当然要待下去,"亨利说,"我喜欢这儿。梳理完了之后,我们还有个肚皮按摩时段呢。"

"难以置信!"塔克惊奇地看了看纱门外面的柴斯特,又看看亨利猫——它正一本正经地坐在后腿上——那是家养宠物典型的姿势。"抛弃朋友——就为了些物质享受!"

"多半都是你吃了啊。"亨利说。

塔克摇了摇头。"唉,亨利——一只像你这样高大强壮的雄猫,曾经威震四十二街——"

"现在,我只是一只康涅狄格州的家猫。"亨利叹息道,"唉,有时候,事情就是如此。"它利索地将尾巴收拢

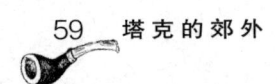

起来,环绕住前腿,"现在,如果你允许的话,我想我该去吃一杯浓奶油了。"

塔克再也受不了了。"亨利猫,你就待在这儿吧!"它喊道。

"保重吧,小耗子,"此刻亨利的口吻倒像以前的它更多些,而并非一只康涅狄格州的家猫,"看看我待在哈德雷家的好处吧——我可以偷些纸巾出来给你替代那些叶子,还可以给你弄到些人的食物。我记得哈德雷太太说,他们中午要吃汉堡。"

"汉堡?!"那种向往的神情又一次出现在塔克的脸上。

"我还能当个间谍。"亨利这话更多是冲着柴斯特说的,"昨天晚上哈德雷先生读报纸,他说,镇议会已经提议在大草原盖公寓房了。"

"公寓房!"柴斯特说,"最糟糕的不过如此了!"

"他念的那篇文章里说,很多人迁到城里来,一些工厂什么的相继开设了,大草原是目前唯一尚未被开发的地方了。如果我住在这里,我可以继续关注事态的发展并报告给你们。怎么样,柴斯特?"亨利又看看塔克,"怎么样,塔克?"

"那他们今天晚上吃什么?"塔克老鼠问道。

"可能吃用纽堡酱作配料的龙虾!"亨利说,"把我想

作一个间谍和食物窃贼,而非一只家猫——这样你们会好受一点儿的。但你们现在就得做决定了——艾伦又来了!"

"好吧,好吧——就待下去吧!"塔克说着,从纱门尚留着的那条门缝仓皇逃出,仓促中不忘及时探进头来叮嘱道,"可别忘了酱啊!"

艾伦走进阳光回廊。"真要下雨了,猫咪。已经开始下了。我们只能在家待着了。不过没关系。我们有很多游戏可以玩呢。"她抱起亨利走到纱门前面,雨滴已经溅落到草地和篱笆上。"你不用待在外面湿地里面,不高兴吗?"艾伦说。

"喵!"亨利猫叫着。它向后院望去,使了个眼色——它知道,塔克和柴斯特正在那里看着它。

第六章

洪　水

雨刚开始下的时候,是那种夏日里柔顺而灰蒙蒙的小雨。塔克和柴斯特艰难地在雨中跋涉。等它们回到树桩的时候,两个人都已经湿透了。下雨的时候,草原的一切都是静谧的。各种各样的野兔和田鼠躲进了它们的洞穴里,昆虫们、蜻蜓们以及小溪旁水生小虫的热闹喧嚣也消失得无影无踪。

"我希望你不会感到无聊,"柴斯特说,"在草原上,下雨的时候的确无事可做。"

"我没有无聊啊。"塔克说。它正从树桩的洞口向外看,同时把自己弄干。雨丝被风的大手推动着,前后飘荡,犹如一块银色的幕布。雨落在树桩的顶子上面,发出劈里啪啦的拍打声;雨落在草丛里,像是要把下面的草变得更绿;而塔克觉得最棒的,还是雨落在小溪里面——天上的水与地上的水合二为一,那种恰切、美好与完整,竟有些触动了它。"以前,我见到过的唯一的落下来的

Tucker's Countryside

水,就是地铁站墙壁上排水管漏下来的那些东西,"塔克说,"而雨是不同的,我喜欢看雨。"

而它就那么看了一整天的雨。

第二天早上它俩醒来时,雨依然在下。中午时分,雨丝变细了些,塔克坚持它们该到哈德雷家看看关于改造草原的计划有无新的进展。虽然它没提,可它实际上对哈德雷家刚吃了些什么更感兴趣。

路途比昨天要艰难。柴斯特从一个小土堆儿跳到另一个小土堆儿上,而塔克则不得不在一个又一个水洼的泥泞中穿行。牧场里也是又湿又滑。直到走到赛门的池塘上方的山坡上,路才好走了些。最后它们终于到达哈德雷家的后院。

家里没人。塔克从纱门向里张望,小声喊:"喂!亨利,是我们!"没有回应。它更大声些:"亨利,你在哪儿?"最后,它干脆大叫道:"亨利猫,你给我出来!"

"他们都不在家。"柴斯特说,它已经跳到通向车库的那条石板小路的尽头看过了。"车不在,他们可能去超市了。亨利也去了。"

"超市!"塔克悲哀地说,想着猫会看到的那一排排的好东西,"真希望我也在超市里啊。"

它们在那篱笆下等了将近一个小时,哈德雷一家还是没有回来,可雨却下得大了起来。它们坐的地方没遮

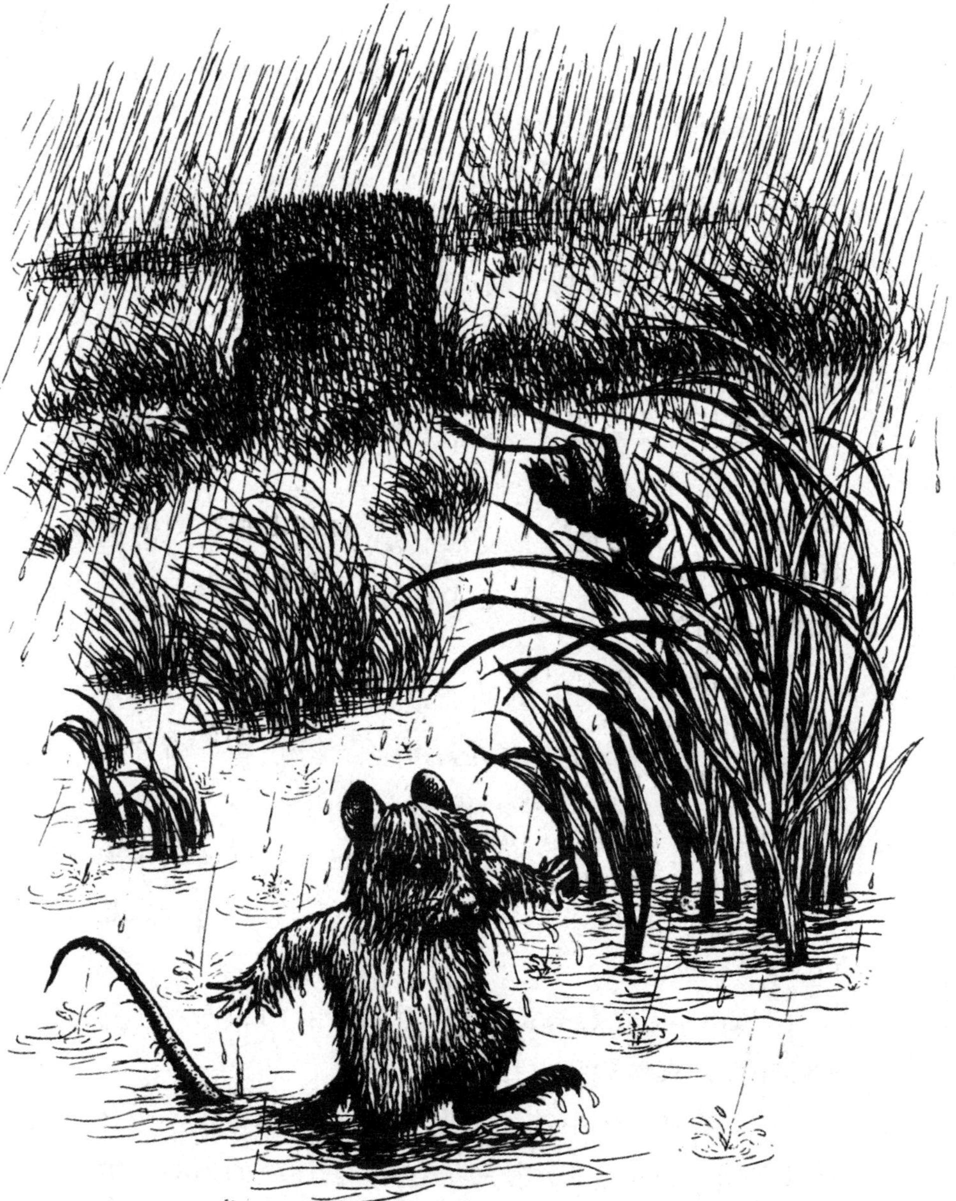

Tucker's Countryside

没拦,已经变成了淌着水的泥地。

"我们回家吧,"柴斯特说,"这样我们要被淋个透湿的。"

"透湿!"塔克老鼠大叫。其实,它已经湿透了,胡须上滴着水,看上去狼狈不堪。"我就是再游回去都不会比现在湿得更透彻了!当然,我可不想游回去,谢谢你!"它也同意回树桩去。

返回的路途甚至比刚刚到哈德雷家来时更为艰难。在它们离开后的这么短的时间里,土丘地带已经变成了一个浅水湖,那些从水里露出来的土堆儿就像一个个小岛。塔克曾经说过它不想再游泳了,可事实是,它就是在游泳。水不深的地方它还可以趟过去,而没过它头顶的地方,它就只能尽全力游过去。柴斯特就在它落脚的小土堆儿尖上等着它。

"太可怕了!"蟋蟀说。

"就是啊!"塔克说着,在一个土堆儿露出水面的一小块旱地上喘着粗气,虚脱到得要歇口气儿。

"先是亨利被圣博纳犬追赶——现在你又几乎要游泳回家!"

"哦,还好,"塔克勇敢地说,"我原本也没把野外的生活想象得很容易。"它深深地吸了口气,尽量让自己显得像个先锋一样,"我们继续前进吧?"

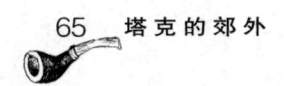

它们继续前进,终于回到了树桩。幸运的是,雨丝向洞口一旁倾斜,所以树桩里面依然干燥舒适。塔克躺倒在一堆木头片上,把气喘匀。"我快变成个冠军赛运动员了。"它说。因为咳嗽了一声,它拍了拍自己的前胸。"可我的呼吸还不合格。"休息的这会儿,它开始注意到外面有种湍急的声音。"什么声音?"它问。

柴斯特跳到洞口。"是小溪。里面的水多了,流得就会快些。"

塔克也爬过去向外看。仍然是这条小溪——却有些异样。"有点儿不对头。"老鼠说。

柴斯特沉默了一分钟,仔细观察水势。然后它说:"我想,水位正在上涨。"

"嗯。"塔克说。它看了看柴斯特,然后便置身于飞奔而下的雨水下面,"我一直都当个玩笑说——可也许我真要变成一个冠军游泳选手啦!"

并非玩笑。五天之后,塔克真希望自己是个冠军游泳选手啊。或者更好些,它希望自己和柴斯特去哈德雷家找亨利猫之后根本没有回来。或者,最好的是,它希望自己和亨利猫压根儿就没到康涅狄格州这地方来!

草原上没有人记得此前有过类似的情景:雨,毫不动摇地下了六天!时大时小,看起来似乎要停了,却一直

Tucker's Countryside

不停,就那么不停地下。有时云层被稍稍打开些,可以看到些许蓝色,有几缕光线射到树桩上——可稍后,云层又合上,而雨,更大的雨,跌落下来。

如果说土丘地带在第二天就已经变成了个湖的话,当柴斯特和塔克在第三天醒来时,它们眺望到的则已经是一片汪洋。只有最高的土丘才能从水面中露出来。向更远处望,老鼠和蟋蟀看到,牧场也被淹掉了。它们决定这一天不必尝试着到哈德雷家去了。不过,如果它们能知道后面将会发生什么,它们肯定想方设法也要挣扎着游到赛门的池塘上方的高地上去的。

小溪的水位在前四天里上涨得还算稳定,然后便失控了。那原本又宽又深、可盛载急流的河道开始溃不成堤。柴斯特一直警惕地关注着水位的变化——那才是真正令它担忧不已的事情,虽然它从未跟塔克提及。

第六天的下午,两个人又在洞口坐望四周那片荒凉的水域。"被困了!"塔克老鼠说,"就如同老鼠被逮住一样,我们被困了!"它叹息一声,"我再也不会侮辱我那可爱的漏水的排水管了。"

"不会持续太久的。"柴斯特说。

"你三天前、四天前、五天前都是这么说的!可你看看!"老鼠大叫。柴斯特默默无语。它又能说些什么呢?事实如此。"还有坚果和草籽吗?"塔克问。

"最后的一些我们昨天已经吃掉了,"柴斯特说,"别担心,我们不会挨饿的。知更鸟约翰说,如果我们的东西吃光了,它会给我们带些吃的过来。"

"告诉它给我弄熏肉、洋葱和西红柿三明治来。"塔克生气地说。

在整个遭遇洪水的过程中,知更鸟约翰成了一个亮点。它的巢就建在柴斯特的树桩旁边的柳树上,它每天都会飞过来带来一些新的消息。从它那里它们获知,各种各样的野兔和田鼠已经逃到池塘上面的山坡上去了。许多洞穴被冲毁,但还好没有人员伤亡。小溪另一边的地势稍高,却也非常潮湿,不过,它们受罪的时间不会太久了。

"我可再也受不了了!"在对着洪水又看了一个小时之后,塔克说,"我要跳进去游泳了。"

"不行!"柴斯特说,"小溪里水流太急,你不能支撑到游过所有这些被淹的地方的。"

"可我忍无可忍!"塔克抱怨道。它本想罗列出一篇长篇大论,说明是什么东西让它无可忍受——无聊、饥饿——可就在这一刹那,整个树桩像被什么东西击中了一样撼动了。"嗨,怎么回事?"老鼠说。它向下望去,发现就在这几分钟的时间里,小溪的水位又迅疾地升高了许多。波浪——其中一些异乎寻常的大——正拍击着树桩

的根部。"发生什么事了?"

蟋蟀柴斯特摇摇头,"别紧张,塔克,我想也许——"

"柴斯特!塔克!"知更鸟约翰不知从哪里冒了出来,落在洞边,"蓄水池泛滥啦!"

塔克看着柴斯特:"这就是你想的也许吗?"

"这是几个星期以来我一直都害怕的事情。"蟋蟀说。

"接下来会怎么样?"

"唉,那就全看泛滥的程度了。"

"水像疯了一样倾泻出来啊!"知更鸟约翰绝望地说。

"哦——塔克——我觉得我们应该到树桩顶上去。"柴斯特说。

"你的意思是说,你觉得水会一路冲进洞里来?"塔克说。

"我这辈子都没见过那样的瀑布啊!"知更鸟说。

"求求你,约翰,你不用告诉我们细节了,"塔克说,"先让开路,让我们爬到顶子上去!"约翰飞起落在树桩上面,塔克和柴斯特跟在它后面爬了上来。站在这里看到的大草原一片河泽的景象倒并不及塔克的想象。"现在怎么办呢?"它问。

"现在,我们等等看。"柴斯特说。

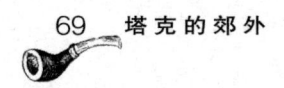

它们就那么等着,直到水漫得越来越高,将树桩包围。知更鸟约翰一直在这里与蓄水池之间来回奔波——这种行程对于飞鸟来说根本不算什么——每次都带回惊动人心的消息,诸如"现在有更多的水涌了过来!"或者"看上去好像全都要完蛋啦!"唯一一件令人燃起点儿希望的事情发生在下午晚些时候,厚厚的云幕终于拉开,一大片湛蓝的天空出现在西方,而且越来越大,几分钟之后,阳光,开始浓密而温暖地在这一脉水面上闪闪发光。

"天终于晴啦!"柴斯特说。

"太美了!"塔克说,"我们将在这样美好而明丽的日子里被淹死。"此时的水位已经开始没过树桩的顶部。"听着,柴斯特。我们两个都跟这树桩一块儿沉底儿毫无意义。你轻巧,知更鸟约翰可以把你带到它的巢里去。约翰,你不是说你的巢就在那上边吗?"

知更鸟指了指其中一根垂在柴斯特的树桩上面的柳枝说:"那就是我的,从这里数,左边第三根。"

"好了塔克,"柴斯特发话了,"我是不会离开——"

"请等一下,"塔克说。它感到自己非常高尚而且悲壮,它想给自己再送出一点儿悼词,"永远不要说,塔克老鼠允许自己的朋友做出无谓的牺牲。而要说朋友们——"说到这儿,它的语气明显地变了,"如果你有朝一

Tucker's Countryside

日能见到亨利猫,在它没被梳理着或是接受肚皮按摩的时候,你可以告诉它,我觉得它有多么差劲儿!告诉它如果它决定回纽约去,我会把我一生的积蓄留给它——它可以将其用于它自己的肚皮按摩消费!——告诉它,我希望它可以好好儿享受那用纽堡酱作配料的龙虾!"

柴斯特并未理会塔克的发泄,看到柳树,它计上心头。"约翰,有几根枝条就垂在我们上面。柳树的枝条是非常柔韧的。要是你能飞到垂得最低的那根枝条上去,也许你的重量能够把它压得更低些,这样,塔克和我就能拽着它爬上去了。"

"我试试看。"知更鸟飞起来,抓牢那根枝条。枝条又垂下来一些,可依然在树桩上面很高的地方。"我还不够分量!"知更鸟向下喊。

"去再叫些鸟来!"蟋蟀喊道,"要快!水已经没过我们脚面啦!"

"告诉它我是怎样骄傲地倒了下去!到死我都是一只骄傲的老鼠!"塔克继续说着——它一直都在生亨利的气呢。"在它懒洋洋地腻在那软垫子上的时候,我进行了一场英勇的战役!"

柴斯特终于开始有些不耐烦了。"噢,塔克,别再胡说八道了!我们不会被淹死的!"

"我们不会?"塔克面露惊异,又为自己的英雄主义

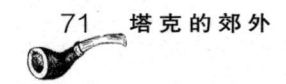

将无用武之地而微微震怒。

"做好准备抓住那柳枝吧。"

待到水涨到柴斯特膝盖那么高的时候——虽然蟋蟀的膝盖并没有多高——知更鸟约翰飞回来了。和它一起飞回来的还有两只燕子、住在艾伦的"特别乐园"上面那片树林里的一只黄鹂,还有一只叫作山姆的鹩哥。它们都紧紧抓住那树枝。树枝垂得更低,可仍在柴斯特和塔克头顶上面。

"还不够低,"柴斯特喊,"把贝翠西喊过来。"知更鸟飞走了。

"贝翠西是谁?"塔克问。

"是住在小溪另一边的一只雉鸡,"柴斯特说,"它是草原上最大的鸟了。"

约翰带着雉鸡贝翠西飞回来的时候,水已经漫到了柴斯特的肩膀了。贝翠西一落上去,那柳枝垂下得就让塔克用后腿站起来前爪刚好可以够得着了。它先把柴斯特推了上去让蟋蟀抓牢,然后,塔克也用它的两只爪子紧紧地抓住了美好的生命!"现在你们这些鸟要一只只地飞走,否则我们会一直被弹回到纽约去了!"塔克说。它对着自己叹了口气:"我们真够幸运的!"

鸟儿一只只地飞离枝头。似乎有一只牢固可靠的手,慢慢悠悠、稳稳当当地将吊在柳树枝条上的老鼠和

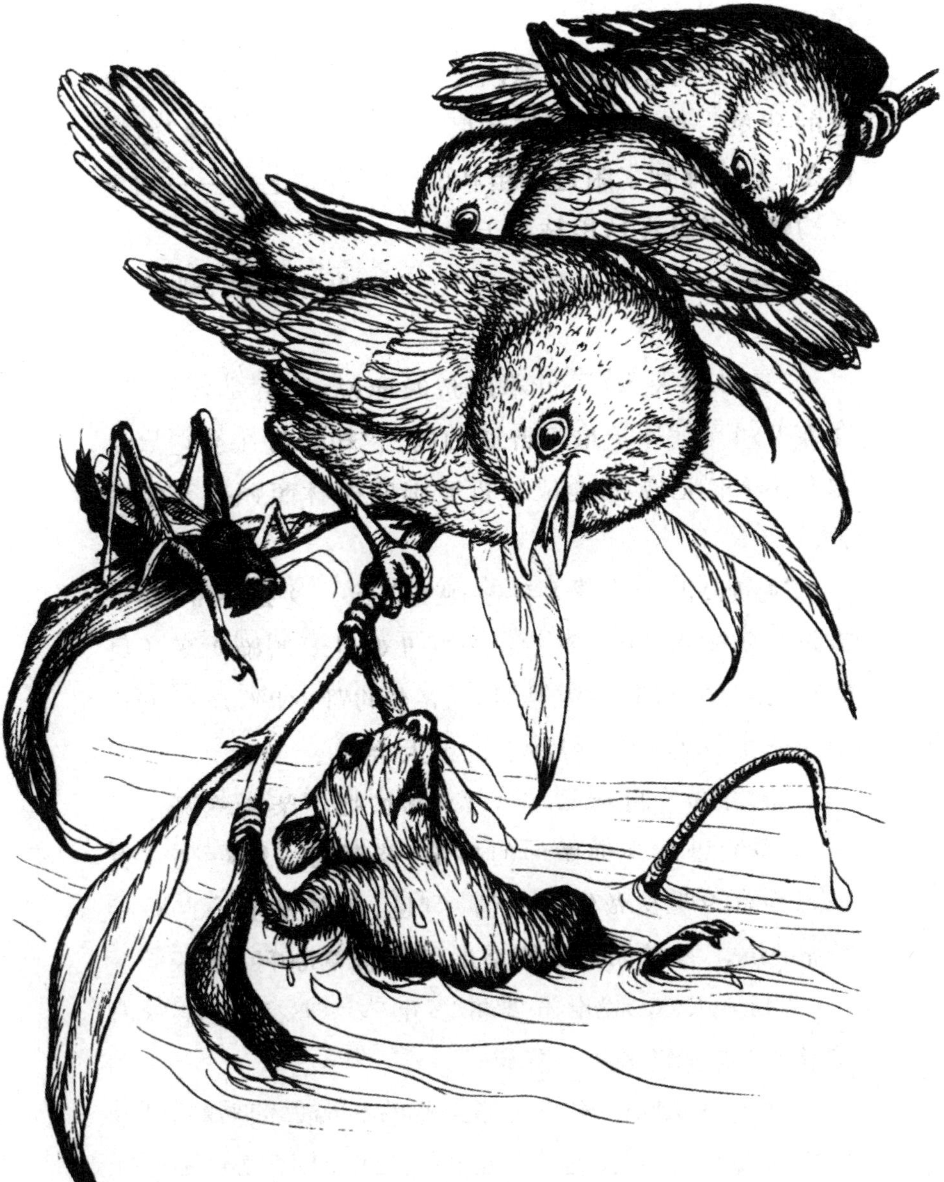

蟋蟀拽了上来。雉鸡贝翠西是最后一个飞离枝头的。等它的分量一挪开，柴斯特和塔克就从它们的那棵"电梯枝条"上转移到了附近更粗壮的一根枝条上去——知更鸟约翰的巢就在这根枝条上面。

"噢——！"塔克松了口气。"谢谢你帮忙，雉鸡小姐。"

"是雉鸡太太！"贝翠西骄傲地说。她有副好心肠，可作为两只草原上最不普通的鸟，它却非常在意它和它丈夫在人们心中的地位，"哲罗姆回树林照顾孩子们去了。"

"好吧，告诉你丈夫我很高兴它找了这么一位——"塔克本来想说"胖太太"的，因为雉鸡贝翠西确实是一只非常大的鸟，可它及时住口。"富态的贤内助"是它想到的另一个说法，可觉得似乎也不太合适。

"就告诉它谢谢它让你过来帮忙吧。"柴斯特说。

"我们乐意为你做任何事情，柴斯特，"雉鸡说，"也乐意为你的朋友做任何事情。但是，老鼠先生，"它有些责备地说，"看来你并没能幸运地拯救草原啊，是吧？"

"雉鸡太太，请你不要将这混为一谈。我已经尽力了。眼前我只想多活一阵子。"

雉鸡贝翠西舒展开它那美丽的赤褐色的翅膀，还将那姿势保持了一会儿——也许就是想让塔克羡慕一下

Tucker's Countryside

吧——然后才越过小溪,向树林飞去。

"爬到巢里来吧,"知更鸟约翰说,"你们可以跟我们待在一起直到洪水退去。"

塔克小心翼翼地在树枝上面挪动着身子,自言自语道:"我游泳——我爬树——噢!"它瞥了一眼身下滚滚的水流,将树枝抓得更紧些,"还有我的恐高症!这就是一只来自纽约的老鼠经历的非人生活啊!"

知更鸟约翰的巢就建在柳树上靠近树干的地方。巢里面,约翰的太太多若西和三只小知更鸟看到一只老鼠爬进了自己的家都非常惊讶。"让点儿地方,"老鼠说,"你们的塔克大叔到访!"

柴斯特跟在它身后跳了过来。"现在第一件事就是让约翰飞过去告诉亨利我们安全了。"

"让它等着去吧,"塔克说,"让它担会儿心。"但柴斯特冲约翰点点头,知更鸟便朝着哈德雷家的方向飞走了。这边塔克则继续生着闷气:"这会儿它也许正在那阳光回廊上吃着巧克力圣代呢!"

第七章

室 内

　　这样,来到康涅狄格州以后,塔克先是在蟋蟀的树桩里住了差不多一个星期,而第二个星期受洪水所困,它基本上就待在知更鸟的巢里等待洪水退却。然而,这第二个星期并非索然无味。事实上,三只小知更鸟成了塔克最热情的听众。塔克给它们讲自己在纽约生活时的逸闻趣事;讲它是怎样从时代广场乘坐班车到中央车站去——仅仅就是为了好玩儿;讲到处"搜宝"捡那些人们掉落下来的小零钱是多么令人兴奋——尤其是在上下班高峰时段里。三只小鸟听得异常兴奋,以至于有那么一天大清早就向自己的妈妈多若西宣布,等它们长大以后要到纽约去,入住时代广场的地铁站!多若西是只通情达理的知更鸟,也是位非常好的妈妈,它并不直接告诉孩子们说不可以去纽约,而是就那么一边把自己从公路那边房舍前的草坪上逮来的虫子喂给它们吃,一边告诉它们,它认为等到它们长大了以后再决定自己要生活

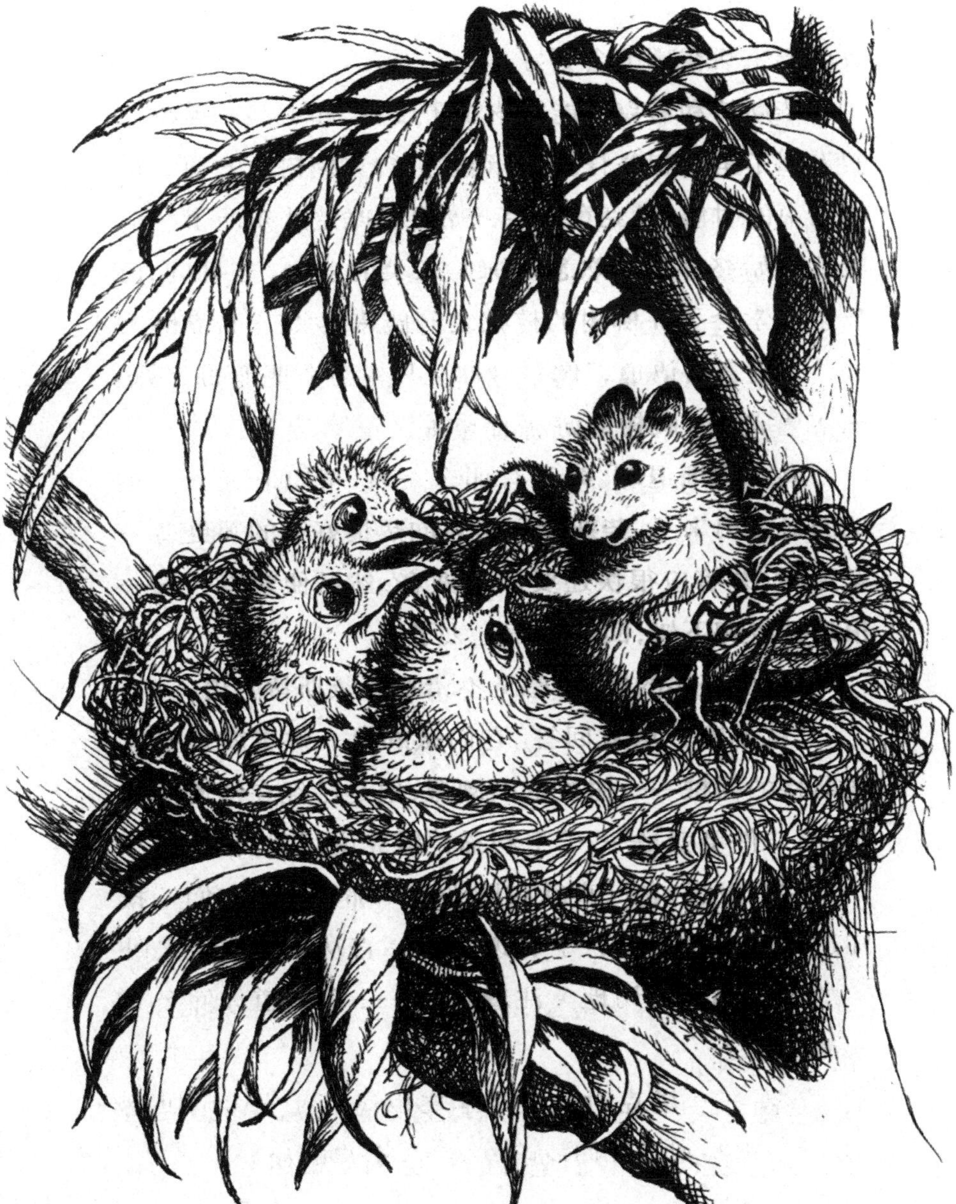

在哪里会更好。

　　柴斯特和塔克不能靠吃虫子度日,知更鸟约翰给它们带回了坚果和草籽。而等到它们待在柳树上的日子即将结束的时候,塔克竟已经开始喜欢吃这些东西了——虽然它始终怀念它熟悉的那些人类的食物。这期间,它甚至还学会了在柳树的枝杈之间爬来爬去。"谁曾料想过,"它自言自语道,"像我这样一只生活在地下的老鼠,现在竟成了个爬树兼游泳能手呢!"

　　洪水逐渐退却。终于有那么一天,草原上有干干的地面显露出来了。柴斯特和塔克向热情好客的知更鸟一家道谢,并答应很快还要回来做客,然后便攀着一根一根的枝杈爬下树,回到地面上去了。

　　"重回坚实的地面,感觉不错吧?"柴斯特问道。

　　"就是啊!"塔克回答。它们做的第一件事就是查看柴斯特的树桩——树桩依旧潮湿,但是已经在慢慢变干了。第二件事就是——"亨利猫!"塔克说,"我们走吧!"

　　它们发现,它一直就在阳光回廊那里等着它们。"我知道你们该过来了,"亨利说,"我一直从哈德雷太太卧室的窗户那儿密切地关注着洪水——我知道你们今天就能脱险了。"

　　"嗯——"塔克对此说法嗤之以鼻,"从安全的卧室窗户,它观察到了我们危险的处境!有吃的吗?"

Tucker's Countryside

"有,"亨利说,"我给你留着呢。"它把门打开,"快进来。很安全的——哈德雷太太和艾伦到詹斯帕家吃午餐去了。"

柴斯特和塔克爬进来,亨利把老鼠领到阳光回廊一个角落里的茶碟跟前。"是猫粮!"塔克看了看碟子里的东西叫道,"我可不想吃这个!"

"对不起,塔克,"亨利说,"我也希望是里脊牛排——但自从我上次见到你以后,他们就只给我吃猫粮了。试试吧,是金枪鱼,你会喜欢的。"

塔克狐疑地对着那金枪鱼嗅了嗅,马上就少了些狐疑,立刻幸福地大嚼起来。"还不错,"它说,"有点儿像家里午餐供应台那里他们弄的金枪鱼沙拉三明治。"它打量了亨利一眼后对柴斯特说,"这猫咪长胖了啊。"

"要是你像我这个吃法,你也得长胖的。"亨利说。

塔克骄傲地直起身来,说:"我,从另一个方面来说,减肥了。你看见我现在的体形有多好了吗,亨利?全都得益于户外生活啊。看到这块肌肉了吗?是我游泳锻炼出来的。还有这块,是爬树爬出来的。"

"你下巴上的那块肌肉是说话太多说出来的,"亨利说,"为什么不用它来吃会儿东西呢?"

塔克又看了一眼它的朋友,伤感地摇了摇头:"看到曾经那么强悍的一只野猫变得肌肉松弛,真让人遗憾

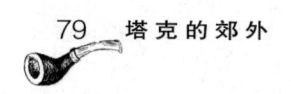

哪。"然后便又继续狼吞虎咽起来。

"哈德雷一家能对你这么好,我真高兴,亨利。"柴斯特说。

"哦,他们对我真是太好啦!"猫说,"他们为我着迷——甚至连哈德雷先生也是如此。唯一的麻烦是,他们不知道我的名字叫亨利,一直不知道该叫我什么。"

"我都能想出一摞名字来。"塔克嘴里塞满了金枪鱼说。

"听到更多关于大草原的消息了吗?"蟋蟀问道。

"没有什么新进展,"亨利说,"但艾伦昨天晚上告诉她妈妈说,小溪在草原上泛滥后,很多地方都遭到了破坏。路头的桥基本上被冲垮了。"

柴斯特摇摇头说:"太糟糕了。人类最恨的就是有东西妨碍他们的汽车到处跑。我真希望他们能像喜欢公路那样喜欢草原。"

"有甜品吗?"塔克问,把胡须上最后一点儿金枪鱼舔干净。

"真高兴看到你仍然知道什么东西重要!"亨利说。

"我知道拯救草原很重要,"塔克说,"但对于刚刚被肆虐的洪水困在树桩里和柳树上两个星期的人来说,甜品也很重要!"

亨利无望地叹着气,"来吧!"它说,带着老鼠和蟋蟀

Tucker's Countryside

从阳光回廊穿过起居室,来到哈德雷家的厨房里。在一个低橱里,它找到的唯一的甜的东西是一罐盖子未被拧紧的果酱——于是塔克就吃了两大口草莓酱作为甜品。

吃饱了的塔克感觉好多了,它仔细地环视着厨房。"你知道,这是我头一次到人类的厨房里来,"它说,"也许我可以在这里进行我的'搜宝'行动哩,我们能到处转转吧,亨利?"

亨利说,好吧,便领着它俩在哈德雷家开始了一次"短途旅行"。它们先是爬下了地下室的台阶——蟋蟀柴斯特跳着跟在它俩的后面。塔克非常喜欢这个地下室。这里到处都摞着盒子——基本上都是空的,还有靠墙边堆放着的木头。哈德雷太太的冰箱在一个角落里发出呜呜的声响,另一个角落里则躺着一个又破又旧的箱子,箱盖大敞着,里面是些艾伦小时候玩过的玩具。塔克抓起一把破破烂烂的东西仔细地研究了一下——那是从一只玩具泰迪熊身上掉下来的——然后大声说:"用来筑巢会非常不错!"

继地下室之后,一、二层楼都让人有些失望。"太整洁了!"塔克说。在哈德雷太太的卧室里,当亨利从盒子里抽取了一张纸巾递给它的时候,它拒绝了。它告诉猫说,它不用再揩鼻子了——它的花粉热症状自从它成为一个运动员之后就完全消失了。

旅程的高潮部分出现在阁楼里。塔克的眼睛因为自己的发现而熠熠发光：那是一些杂乱无章的东西——书、瓶子、旧盒子……所有的东西就那么随意而凌乱地散落四处。"哇！"它兴奋地大叫，"我认为我的房子就该一团糟才是！"它开始高兴地在那些废弃物当中穿行。"这地方简直就是老鼠们的天堂！我要在这里度过我的下半辈子！这是什么？"它在一片木头前面停了下来，那上面钉有铁制的字母，写着"哈德雷"。

蟋蟀柴斯特跳了过来。"这是哈德雷家曾经立在他们家前院的标志，现在坏掉了。在康涅迪格州，很多家庭都有这个，这样人们就能知道谁住在哪儿了。"

"也许我该在地下铁排水管外面立这么个东西，"塔克说，"用漂亮的金字写着'老鼠'！"这些哈德雷家已经不再需要却又不忍心丢弃的东西，成了塔克的"阁楼宝藏"，它就在其间快乐地搜寻。

柴斯特和亨利也"勘探"出了一些东西。亨利来到两个白蜡罐子跟前，它觉得这两个罐子非常漂亮，应该有个更好的归宿才是，而不应该被遗弃在这里。柴斯特则发现了满满一盒子的小孩儿衣服。它猜那一定是艾伦曾经穿过的，甚至是她的妈妈曾经穿过的——因为那些衣服都已经旧得褪色了。

这是三个人的快乐时光。实际上，三个人太高兴了，

Tucker's Countryside

已经忘记了它们在这里待了多久。

突然间,亨利猫抬起头来警觉地低语道:"嘘!"——其时,它正在哈德雷先生的一堆运动器械里翻箱倒柜呢。这里有弦松掉了的网球拍子和折断了的高尔夫球杆什么的,它正想建议塔克——这位伟大的运动员——应该利用上它们才好。这时候,有隐约的说话声从楼下传来。"是艾伦和她妈妈,"亨利说,"她们吃完午餐回来了。"它又听了听,说:"她们在哈德雷太太的卧室里呢。快,我带你们从大厅下楼去。"

动物们蹑手蹑脚地从阁楼下来。亨利向外偷看:大厅里没人。它们正欲从楼梯扶手边爬到一楼去,就听见哈德雷太太说道:"哦,亲爱的——找到了!"

"上面怎么说的?"艾伦问。

在艾伦和她妈妈出去吃午饭的时候,下午的报纸已经被送过来了,此刻,哈德雷太太正浏览着第一版的内容。"上面说,镇议会已经决定在大草原建造公寓。"

"噢,不!"艾伦说。她不知道,在外面的大厅里,一只蟋蟀也跟她异口同声地发出了同样的抱怨。

"上面说,近期的洪水证明这块地方正'威胁着社区'。"

"难道没有别的办法治理洪水吗?"艾伦问道。

"我不知道,亲爱的,"妈妈说。她继续读报纸:"铲平

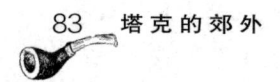

草原地带与为小溪铺设地下管道的计划正在操作中。工程可望在夏末实施。"动物们被这条新闻震惊了,它们就那么一动不动地呆立在楼梯上。"好了,亲爱的,不要那么沮丧,"哈德雷太太说,她的声音离卧室的门口越来越近,"我知道你的感受,但是——一只老鼠!"

亨利和塔克向楼下冲去,柴斯特也在它们后面跳下去——一跳就是四级台阶。但哈德雷太太并未理会猫或是蟋蟀——实际上,她根本没有看见柴斯特。虽然她的阁楼里是一团糟,她的地下室也不太干净,但她对自己房间的清洁程度还是相当引以为傲的,对她来说,老鼠就意味着肮脏。她跑到大厅从壁橱拿出了一把扫帚,追赶塔克,边追边打。跑到半截她追上了塔克,给了它一扫帚,塔克跌倒之后一路滚了下去。但偏巧它直身落地,于是就又接着跑——从起居室穿过阳光回廊,从还敞开着的纱门跑了出去。哈德雷太太一路追来,只在塔克消失在篱笆里的一刹那才差点儿触到它的尾巴尖儿。

"我的乖乖!"哈德雷太太说,"一只老鼠!就那么公然坐在大厅里!大胆得如同得到了许可!"就在这个时候,在她没留神的情况下,一个细小的黑色身影——蟋蟀柴斯特——从哈德雷太太的脚边跳了过去,跳到篱笆里去了。

艾伦跑到院子里来追亨利。亨利四下看看,看到塔

Tucker's Countryside

克已经逃脱掉,如释重负地长出了一口气。

"艾伦,"哈德雷太太继续说道,"你的猫有点儿特别。它就站在那老鼠的旁边,什么也不做!就好像它们是世界上最好的朋友!"

"也许它很特别吧,但它漂亮!"艾伦说着,亲了亲亨利的脑门儿。

在哈德雷家的前院,就在那只"特别的猫"刚刚站着的地方,老鼠已经瘫软在地。它揉着自己的一条后腿,"那女人真给了我一下子!"它对跳到身旁来的蟋蟀说,"哦!一个康涅迪格州的主妇——比整整一群地铁乘客加起来还坏!还得是晚高峰时段的乘客!"

第八章

伯　莎

关于建造公寓的消息在草原上快速传播。所有的动物都认为除了建造加油站外,这是最糟糕的事情了。独立的房子就已经够糟糕的了,可至少一些小动物们还可以在灌木丛和篱笆里安家。但如果建起了公寓——那种又高又大的砖混结构的房子——那大家谁都没什么希望了。

虽然谁也没说出来,可私下里大家依然对塔克抱有希望,希望它能够想出办法来拯救大家。塔克也明白。当它外出散步遇见花栗鼠哈里时,哈里那种满怀着希望跟它打招呼说"你好,老鼠先生!"时的语气,就能让塔克感觉到这花栗鼠依然对它抱有信心。哈里一直在邀请它到它和姐姐艾米莉位于小溪对岸的家里做客。可塔克没去:当你置身于一群相信你可以帮助它们的朋友当中,你却并不知道该怎么做的时候,简直是一种痛苦。可怜的塔克!它走了很久,脑筋一直在转——它越来越喜欢

Tucker's Countryside

这大草原了,就像那些这辈子都居住在这里的动物们一样——然而,它始终一无所获。

夏天渐渐地溜走。从七月到八月,什么事都没有发生。没有推土机来铲平土地,没有用于铺设管道的巨大的管线被运进来。渐渐地,动物们开始认为,只要它们不去想,毁掉草原的事情就不会发生。艾伦也是这么做的:她干脆就不去琢磨这事。甚至每次她把小孩子们带过来的时候,也不让他们谈论此事。这不是个解决问题的好办法,但别无他法的时候,人们通常宁愿不肯承认坏事真的要发生。

日子就这么过去。叶子在光与热中变得厚实,花儿在溪边含苞之后开放,牧场上的草地长得丝滑柔顺——夏天,总是催熟了万物。但就在阳光里的某个地方,就在奔淌向前的溪水那快乐的絮语中,似乎潜伏着一种可怕的危机。艾伦和小孩子们,还有所有的动物们,都试图掩饰自己的想法,想要假装它不存在——但是它却的确存在,而且,它颠覆了八月所有的欢愉。

那天早上,公路上传来巨大的当啷声和叮当作响的声音。人们跑到公路两边看是怎么回事——大大小小的孩子们站在房子这边,草原上的动物们则站在另一边。公路那头驶来了一辆又宽又长的大卡车,上面载着蒸汽

掘土机。蒸汽掘土机的一边车身上印着巨大的字母,那是它的名字:伯莎。卡车在草原的一角停了下来,开掘土机的两个人——山姆和罗——顺着一个斜坡把它开下了卡车,然后径直朝着赛门的池塘上的山坡开上去。

这是个规律:蒸汽掘土机很具观赏性,看它工作是件很好玩儿的事情,如果开掘土机的人允许你爬到驾驶室里面去的话就更好玩儿了。但那个早上,只有那些大的孩子在欣赏伯莎工作的场面。它开始要毁掉草原了。

"唉,开始了。"蟋蟀柴斯特说。

塔克老鼠就坐在那机器旁边,一言不发。它觉得自己已经变成了石头。除了坐在那儿眼睁睁地看着伯莎铲土,它不知道自己该做些什么。

把掘土机卸下来以后,运它来的那辆卡车便开走了。过了些时候,大孩子们看得厌倦了,也都走掉了。在公路上人们站的那一边留下来的,只有艾伦和小孩子们。她领着他们,让他们手牵着手,加上鲁夫,走过公路来。就在山顶远离伯莎可以铲到的地方,他们站在那里静默地注视着伯莎。

驾驶室里的人看到他们面无表情地站在那里,除了看就那么一动不动的,开始有些不安起来。山姆此刻正操作着掘土机,他拉动操作杆把翻斗降到地面。"嘿,你们这些孩子!"他喊道,"你们要干什么啊?"

Tucker's Countryside

小孩子们围拢到艾伦身边。詹斯帕拉着她的手。"去吧!"他恳求道,"你答应过的,艾伦!"

艾伦脱开拉着她手的那些手,走到蒸汽掘土机已经挖开的那一侧山坡的边缘上去。"先生,"她喊,"能不能帮我们个忙啊?"

她穿着一条蓝色短裤和一件印有昆虫图案的衬衫——那上面印着蝴蝶、甲壳虫,还有几只蟋蟀——求助时的她看上去相当漂亮。驾驶室里的人相视而笑。"当然可以,孩子!"山姆说,"帮什么忙啊?"

"好吧——嗯——你能不能停止铲平草原?"艾伦说,"我是说,帮个忙吧,好吗?"

这两个人又互相看了看,这回他们不笑了。"我们必须这么做,孩子。"罗说,"我们服务的公司受聘在这里建造公寓。如果我们不来操作大伯莎,别人也要来的。"

"哦,"艾伦说,"哦,我知道了。"她转过身,然后又转回身来说,"不管怎么样,谢谢啦。"然后便回到山坡上那些小孩子们当中去了——这期间他们一直安静地站在那里注视着这边。

蒸汽掘土机里的两个人一起悄悄地说了些什么。当他们再次大声喊出来的时候,声音里已有明显的尴尬和不快。"嘿——你们这些孩子,最好到街那边去!"山姆说。

"是啊——我们可不想伤到你们。"罗说。

艾伦让孩子们手拉着手,把他们领到街这边哈德雷家的屋前草坪上来。在这里继续着他们的抗议——他们瞪着那蒸汽掘土机和开动它的两个人,一言不发。山姆操作着挡把儿,伯莎又"咬"了那山坡几大口。此时,已近中午时分,山姆似乎也并不像以往工作时么开心,于是罗建议停工吃午饭去。他们走下山坡,找到一块舒适的草坪——这里避开了那些孩子们的视线。他们从褐色的纸袋子里拿出三明治和苏打汽水,开始吃起来。柴斯特和塔克老鼠离他们很近,可以听得到他们的对话。

"我不怪这些孩子们,"山姆说,"我那个年纪的时候,也曾经住在一块沼泽地旁边。我也有只大狗,它喜欢溜进院子里来舔舔我,然后就那么待着。它和我经常到沼泽上去打猎、钓鱼。"

"后来呢?"罗问。

"他们把那儿全填平了,建了一座超级市场。狗只看了一眼那超级市场就走掉了。它不在任何购物中心逗留!"山姆放下手中的三明治——那是他妻子给他做的肉条三明治,他的最爱——向草原放眼望去。那一派蓬勃的绿色在他们跟前璀璨耀眼。"我童年时最好的时光就是跟我那只狗一起在沼泽地到处玩耍的时候。"

罗向后躺下去。通常,他和山姆在海德雷市中心工

作的时候更多些,在那里,他们只能坐在坚硬的石头便道沿儿上。而在这里,在他们身下的是柔软、温暖的草地。"我不知道为什么他们非得在这儿建造公寓,"他说,"他们可以在市中心找地方,那里地方多的是。"他坐起来,向山坡那边望了望:"那些孩子已经走了。他们肯定也吃午饭去了。"

"别担心,"山姆说,"他们还会回来的!"

他说对了。刚刚吃过午饭,艾伦和那些小孩子们便又从各自家里聚集而来,依然站在哈德雷家的院子边上——依然在看。

"听着,我们让他们坐进驾驶室里来。"山姆说。

"老板不会乐意我们那样做。"罗说。

"我才不在乎老板乐不乐意呢!"山姆生气地说,"我们来这儿铲平那些孩子们玩儿的地方——我可知道他们的感受!嘿,孩子们!"他向街对面喊,"你们想坐进这蒸汽掘土机里面来吗?"

孩子们走过公路来。罗把他们挨个儿抱进来,让他们看掘土机的翻斗在眼前工作——每人可以在司机的座位上待一分钟。轮到詹斯帕的时候,鲁夫一定要跟着爬上来,罗也让它上来了。"打开发动机!"詹斯帕命令道,"我要开车!"

"再等个几年吧。"罗笑道,"那时候你就可以了。"

小孩子们在驾驶室玩耍的时候,山姆一直在跟艾伦说话。他问她叫什么名字。"艾伦。"她回答。

"我叫山姆,"他说,"我很抱歉——抱歉我必须得挖开这块地方,艾伦。但你不能跟议会作对的。唯一能让镇议会里那些人上点儿心的就是纠察线。"

"什么是纠察线?"艾伦问。山姆也罢工过几次,他这样解释"纠察线":人们游行时举着一些标语,上面把他们认为错误的一些事情写下来。这种方式能让人们注意到一些他们不知道的、不想知道的或是已经忘记了的事情。"如果出现了纠察线,那么——那么,能改变事情吗?"艾伦问。

"有时行,"山姆说,"有时不行。"

罗已经让孩子们全都进过了驾驶室,这会儿把他们带回到艾伦这里来。"该你了。"他对艾伦说。

"我不上去了,"艾伦说,"今天下午我有非常重要的事情要做!"她让孩子们手拉起手来准备过马路了。

"听着,艾伦,"山姆说,"你现在能不能帮我个忙?你们能不能不再盯着我们?那眼神直刺到我们心里去了,你知道吗?"

"对不起,"艾伦说,"我们不会再看了。"她让孩子们挨个儿向他们道谢——南希、安妮、约翰,最后一个是詹斯帕——然后很快领着他们回到了家门口。他们还想黏

着她，但她让他们玩"捉迷藏"，自己则赶紧回家去处理她那桩重要事情去了。

山姆目送她离开。"好孩子。"他说。

"他们都不错。"罗说。

山姆沉默了一会儿，然后说："听着——我要把伯莎的火花塞卸下来。"

"你要干什么？"罗问。

"伯莎老了，"山姆说着拍了拍那蒸汽掘土机的车身，"坏掉是很正常的事。"

"伙计，你疯了！"罗说，"老板会……"

"别提老板！"山姆打断他。他目光锐利地看着罗说："你不会去告诉他的，是吧？"

"当然不会！"罗说。山姆进到驾驶室里去，打开引擎箱的盖子，拧下来两个小东西，放进自己的口袋。"没多大用的，"罗说，"它今天下午是动不了了，但明天他们就能把它修好的。"

"没错，"山姆说，"但至少今天下午我们可以不用挖这山坡了。"他又友好地拍了拍蒸汽掘土机的大履带，"歇会儿吧，老姑娘！"

他和罗顺着公路走下去，前面有条大街跟公路交会，他们可以在街角乘巴士回市里去。

有那么一分钟，山坡好像寂静下来。其实并非如此。

塔克老鼠和蟋蟀柴斯特从它们一直藏身的灌木中爬了出来。"这两个人真好。"塔克说。

"大多数人类都挺好的,"蟋蟀说,"但仅限于让他们自己待着。一凑到一块儿,他们就开始干傻事了——诸如破坏草原!"

塔克看了看那高高在上的蒸汽掘土机的塔楼。"嗯——柴斯特——我知道伯莎不该在这儿,但只要它……嗯……"

"说啊,"柴斯特说,"如果你想坐到驾驶室里去你就去啊。"

"你不会觉得我是加入敌人的阵营里去了吧?"

"不,不会的,"蟋蟀说,"去吧。"

老鼠爬过履带,爬到驾驶室里去。它一点儿一点儿地爬上去,最后坐到司机的位置上——这让它觉得自己可能是世界上唯一一只能够坐到蒸汽掘土机的司机座位上来的老鼠。但是,在眼下这种情形之下,这样的想法并没有让它觉得快乐。

第九章

纠察线

第二天一早,柴斯特和塔克就到树桩旁的小溪边洗漱、饮水。它们背朝岸边,突然有声音从身后传来:"早上好。"一望之下,那里竟坐着亨利。

"你怎么在这儿?"塔克问道。

"艾伦和小孩子们到草原去了。"亨利回答。

"这么早?"柴斯特说。

"是啊。"亨利说,"走吧,我领你们去看点儿东西。"

塔克意识到出事了。每每亨利猫沮丧不安或是生气发怒的时候,总爱左右来回摆动它的尾巴——而现在它的尾巴就像鞭子一样来回甩动着。"出什么事了,亨利?"老鼠问道。

"你会知道的,"亨利说,"跟我走吧。"

从土丘地带到牧场,大家一路走来,一言不发。当它们来到山坡脚下的时候,塔克已经明白发生什么事了。山坡顶上出现了纠察线。艾伦和小孩子们正围成个圈子

游行。每个人都举着标语,而他们游行的地方正是在昨天蒸汽掘土机挖开的那个洞的旁边,所以大家可以确切地知道那些标语上都写了些什么。艾伦的标语上写着:放过草原。南希的那个上面写着:停止建设。安妮举着的那个牌子几乎跟她一样高,上面写着:不要建房。约翰是那种特别喜欢坐在水边看鱼看青蛙的小孩子,他的标语上说:救救小溪。詹斯帕自告奋勇地举着一块全用了大写字母的标语:拯救自然!

"艾伦昨天花了整个下午的时间做了这些标语,"亨利说,"这是第三套了。前两套她都觉得字不够大。她还做了可以把牌子粘上去的立柱。就是用我们在地下室里看到的那些木头做的。"亨利用一种很低沉的声音说道。可塔克却听出那声音里面生冷的愤怒,"她手上被扎了三个刺,是她妈妈用针挑出来的。"

这三只动物就那么看着山坡上的孩子们在他们的纠察线里游行。"我讨厌康涅迪格州!"这是蟋蟀柴斯特爆发出的声音。

"柴斯特!"塔克惊讶地叫出声来,"你说你讨厌康涅迪格州?你那么爱它——!"

"我不在乎!"蟋蟀说,"可这不应该是孩子们做的事情啊!"

"妈妈们也都这么认为。"亨利说。它又领着老鼠和

Tucker's Countryside

蟋蟀到山坡的另一侧来。

在公路的另一边已经聚集了一小群人。小孩子的妈妈们跟哈德雷太太一起,就站在哈德雷家前院的边上。一些大些的孩子也在那里,坐在草地上。詹斯帕的哥哥戴维已经十四岁了,名副其实已经是个大孩子了。在进学校之前,他已经学习了一年"市政学",为自己对社会的了解程度深感骄傲。"嘿,詹斯帕!"他喊道,"谁是你们组织的头儿?"

詹斯帕没听出他正在嘲笑自己,反而高兴地回答说:"艾伦·哈德雷!"

戴维看了看他们的妈妈,"这么做真是傻气!"他嘲笑道,"像那个样子游行!"

但他妈妈瞪了他一眼打断了他。"安静些,戴维。"她轻声说。而有些时候母亲们温柔的声音比大声说话来得更有威力。

大孩子们在这里逗留了一会儿,就各自玩自己的去了。但妈妈们一直都没离开——当类似这样的事情发生的时候,母亲们都会这样做的。"你觉得他们能让议会的人到这里来吗?"安妮的妈妈问道。

约翰的妈妈不安地摇摇头:"我想那就是他们所谓的'进步'。"

"我不把那叫作进步!"詹斯帕的妈妈大发雷霆,"我

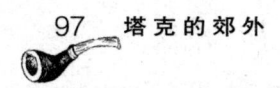

管那叫作耻辱!"詹斯帕在很多方面都很像他的妈妈。

圣博纳犬鲁夫正巧坐在附近搔着自己的一只耳朵,受了这些妈妈们情绪的影响,它开始狂躁地大叫。詹斯帕的妈妈令它安静些:"这样不好!"她说。鲁夫沮丧地"呜!"了一声,又继续搔它的耳朵去了。

"我想我该给大伙儿弄点柠檬水来。"南希的妈妈说。她朝自己的家走去——她就住在哈德雷家的隔壁,那是一座有着红顶子的砖房。

"你知道我们该怎么办吗?"哈德雷太太说,"我们该自己举着那些标语到市政厅那儿去游行!"

"是啊,我们真该那么做,"约翰的妈妈附和,"可我今天下午还有那么一大桶衣服要洗哪!"

"还要去为周末采购。"安妮的妈妈叹了口气,又摇摇头。

妈妈们依然静立在那里,想着她们该如何做,以及所有那些细小的、重要的、令她们难以脱身的琐事。几分钟后,南希的妈妈拎了一大罐柠檬水和一些纸杯回来。五个女人在路的这边,而塔克,因先前已经遭遇过哈德雷太太的追打,此刻就小心翼翼地躲在她的视线之外。

"喝点柠檬水吧。"南希妈妈招呼着孩子们。

"我们没时间。"艾伦说。

"没时间!"詹斯帕严肃地说。

Tucker's Countryside

"哦,只让你们歇一分钟,"安妮妈妈说。

汗珠从约翰的前额冒了出来。他擦了擦汗,试探着问:"热起来了,艾伦——"

"好吧,"艾伦说,"但每个人都要保持你们标语的方向,要朝着公路。"

"我也想来点柠檬水喝呢。"塔克小声对柴斯特说。

南希妈妈给孩子们都倒了柠檬水。纠察,在八月的天气里是件太热的事情,所以那柠檬水的味道还真是不错。

"艾伦,"哈德雷太太说,"我知道你对草原的感情,想要保持它现在的样子,可是——你真的觉得这种示威会有效果吗?"

"哦,会的,"艾伦说,"我们应该到镇议会那儿去游行,可我不能领小孩们到市里去。"妈妈们互相望了望,可似乎又不愿意让彼此的眼神接触上似的。"我只希望,"艾伦继续说,"开车路过这里的人可以看到我们。这样他们回市里以后就可以告诉别人我们正在这里示威。如果知道的人足够多了——也许,他们就不会开发草原了。"她看了一个妈妈又看另一个,"有这种可能吗?"

"也许吧,"哈德雷太太说这话时并没抱太大希望,"可是……"

"能做的只有这么多了,"艾伦说,"仅仅是可能而

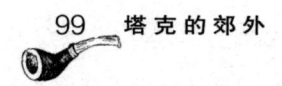

已。谢谢你的柠檬水。现在大家回到纠察线去!"她把小孩子们重新组织了起来,"把你们的标语举起来,这样在车里的人才能看见。"

南希妈妈举起她的大水罐,"我觉得今天我的厨房里也许该一直供应柠檬水呢。你们谁渴了,就过来吧。"

"噢,天啊!"詹斯帕叫道。他看了看艾伦,又看向南希妈妈,然后十分坚定地说,"我的意思是——没时间!"于是,纠察线又开始示威了。

詹斯帕妈妈摇摇头:"至少我们还可以见证,这是孩子们过得最棒的一个海德雷日。"

"天啊!已经到了海德雷日了吗?"约翰妈妈说,"夏天飞逝啊!"

艾伦妈妈向草原望去:"这是我们可以在这里野餐的最后一年了。"她的目光追随着那涓涓的小溪流水,"真是遗憾啊。"

所有的妈妈都这么认为。随后就都各自回家料理她们的那些日常琐事去了。

"今天是星期五,"大伙儿在他们的圈子里静坐的时候,艾伦对小孩子们说,"如果我们今天、明天还有'海德雷日'都这么干,肯定会有很多人看见我们的!"

"什么是'海德雷日'?"塔克小声问蟋蟀柴斯特。

"'海德雷日'就是八月的最后一个星期日,"柴斯特

告诉它,"为了纪念那个约瑟夫·海德雷,市郊所有人都来野餐,发表演说。"

"那天是他的生日吗?"塔克问。

"不是,"蟋蟀说,"我也觉得那天应该是,可没人知道他是哪天出生的。实际上,大家根本就不知道他住在哪儿。可这个人物很重要,所以大家才会有这么个庆典。我觉得,比起那些演说来,大多数人对吃更感兴趣,至少小孩子们是这样的。可每个人似乎都很高兴。在这个社区里,海德雷日这天由妈妈们来分配谁来做、做什么吃,而且如果天气好的话,他们就会在草原上野餐。"

但目前这一上午还很漫长。有一阵子,三个小动物就那么静静地坐在那里,看着艾伦他们纠察示威。后来塔克老鼠叹了口气说:"我真希望自己个子够大,可以扛起块标语来。"

"我知道你那块上面会写些什么,"亨利猫说,"当心!老鼠凶猛!说的就是你!"这时候一辆运土车在公路边停了下来——那是一辆崭新的卡车,漆成明亮的绿色。开车的人叫弗兰克。在前排座位上坐在他身边的,还有山姆和罗。他俩跳下车来,而弗兰克就从打开的车窗里冲他俩笑着——他认为,驾驶一辆崭新的运土车的工作比操作一辆要散架了的蒸汽掘土机重要多了。"记住老板的话,伙计们,"他喊,"如果今天伯莎需要两个新的火花

塞的话，它就是需要两个新人来操作它了！"

"知道了！"罗咕哝着。

"狡猾的家伙！"山姆低声咆哮一声。

山姆和罗爬上山坡来，看到了纠察线。他们站住，有那么一刻就那么呆住了。山姆的脸僵住了，好像不愿看到他眼前的一切。

"嗨，"艾伦跟他们打招呼。她觉得这两个人生她的气了，她想要道歉，"我们没做什么错事。真的！"

"我知道你们没错，亲爱的，"山姆说，"可你们现在必须回你们自己家的院子里去。罗和我遇到大麻烦了。我们今天得干两天的活儿——把到昨天下午该干完的活儿全都干完为止。快走吧。"他碰了碰艾伦的肩膀。艾伦让小孩子们手拉起手来。"艾伦啊——我真的是……"山姆本来想说"对不起"，可他觉得这句话是如此空洞，他自己都不愿意听。艾伦把标语夹在一只胳膊下面，领着小孩子们走过公路去了。

一整天，伯莎都在干活儿——甚至连一个小时都没有歇过。先是罗让它把昨天早上剩下的那堆土挖起来，运到运土车上去。弗兰克会把这些土运到市里另一处地点去，用于一家工厂的建设。然后，轮到山姆时，他开着它接着向深处挖进。到星期五下午晚些时候两个人离开时，山坡的一半已经被挖没了。

Tucker's Countryside

　　大街的另一边，在哈德雷家的草坪边上，示威仍然在继续。期间除了有两三次歇息去喝些柠檬水，还有一次稍长的午饭时间之外，孩子们的示威一直持续到六点钟。妈妈们都很惊讶。通常，小孩子们都喜欢经常变换花样玩儿的，可在这个特殊的夏日里，即使是詹斯帕也没有提议他们该干点别的——因为这并非游戏。然而，到晚饭的时候，妈妈们坚持解散纠察线——至少是暂时的。在这个晚上，家家户户的晚饭都特别丰盛，都做了许多最好吃的东西。艾伦在吃晚饭前，把标语都放进了哈德雷家的车库，准备明天再用。

　　这一整天，车流正常地经过公路。有相当多的司机在这里减速，他们看到了纠察线。一些人摇摇头，一些人只是惊讶地注视。没有人嘲笑。但却没有人到市政厅去，告诉镇议会在大草原那里有孩子们举着标语在抗议。

　　傍晚，当孩子们和工人们都走了以后，动物们聚集在山坡的一侧，对着那陡峭的大窟窿目瞪口呆。松鼠比尔也来了，还有花栗鼠哈里，以及各种各样的野兔和田鼠。比尔栖身的那棵榆树的根部都已经露出来了。"再过一天，"比尔说，"就要被连根拔起了。"

　　塔克老鼠早就盼着天黑了，这样它就能看见其他人却不被人看到。"我是个失败者。"它说，"我失败了。我没能想出法子来。"

国际大奖小说

"这不是你的错，"柴斯特说，"我想，有些事情是你无法阻止的。"

动物们坐在大坑边上，八月的夜晚就那么悄然降临。

第十章

哈里的房子

"我希望你能来,老鼠先生。我真的很希望!"

这是星期六的早上。柴斯特和塔克还有许多其他动物坐在山坡上,看着艾伦和小孩子们示威。孩子们今天起得和昨天一样早,一吃完早饭就到哈德雷家的草坪上来,围成同样的圈子游行。

"就请来坐一坐吧,老鼠先生。"花栗鼠哈里在说话,"我整个夏天都在请求您和猫先生到我和艾米莉的家里来做客。而且,下个星期我们根本就不会再有家了!我们住的地方真的很有趣的。你们肯定会喜欢那儿的!"花栗鼠的脸上是一副可怜兮兮的表情,"况且,如果你们不来的话,艾米莉可会有想法的。"

亨利猫走到它的朋友身边来,"走吧,塔克,"它说,"我们不能让艾米莉想歪了。"

"好吧,"塔克叹气。它不忍将目光从孩子们身上移开,"我希望有什么办法让我可以帮助那些孩子们。也许

我可以把自己扔到下一辆路过的车前面去——"

"那是哪种帮助法儿啊?"柴斯特问。

"那样,车就会停下来啊,艾伦就可以告诉司机他们正在干什么,然后——"

"走吧,"亨利温柔地催促着老鼠,"让我们去看看哈里和艾米莉住在哪儿。"

柴斯特一跳一跳地跟着它们。动物们走下了山坡,绕过赛门的池塘,经过艾伦的"特别乐园",来到小溪边一处有一根巨大的原木横陈岸边的地方。原木探出水面,从那上面轻轻一跳就可以轻易地跳到对岸去。大家都跳了过去,塔克却回头望了望。此刻,早上的阳光为这里勾勒出了一幅亮丽的画卷:艾伦的"特别乐园"里的白桦树,赛门的池塘那波光粼粼的水面,还有池塘上面比尔松鼠的榆树扎根的山坡,诸多景物交织一处。从这里看不见山坡另一侧已经裂开的那个大洞——只能看见蒸汽掘土机的车顶。因为是星期六的缘故,伯莎今天并不需要工作。

塔克摇摇头。"想到这里的每一处景物——就要不见了!"

"不要想了。"柴斯特说。

花栗鼠哈里领着它们西行。它们经过一片与牧场非常类似的地方,肥沃的草地上生长着雏菊、毛茛和低矮

Tucker's Countryside

的蓝色勿忘我。如果换作在其他的日子里,在这被花儿包围了的田野里徜徉,该是一次快乐的郊游。很快,地势渐高,它们来到了一处被成排的古树环抱着的山地。"这是些苹果树,"哈里介绍说,"许多年以前,这里还是个农场的时候,农夫们有个果园。秋天,苹果都熟透掉到地上的时候,你都想象不出这里的空气有多么香甜!"

果园之外是一片开阔地,前面隐约可见两棵巨大的橡树。"这里曾经是农夫的前院,"哈里说,"我和艾米莉就住在橡树那边。"

动物们从两棵大树中间走过去——如同穿过一扇巨大的天然大门——进到一个很大的地洞中去。这地方四面均已陷落地下,尤其是正对着它们的西面,可还是能够看出来这曾经是一个广场。"对于像你们这样的小花栗鼠来说,这里真是个漂亮的大洞啊!"塔克说。

"哦,这可不是我们的屋子!"哈里笑道,"这是老农舍的地窖。那里才是我们住的地方呢!"

在地窖的一角,生长着一大丛丁香花。艾米莉坐在花下正恭候它的客人们呢。大家彼此问早,然后由艾米莉带路来到了一个由墙上散落下来的土筑成的台子跟前。几尺高的台子上面,一个漂亮、干燥、小巧的巢向左侧洞开。这里就是哈里和艾米莉的屋子了。所有的人都爬了进去,除了亨利——它的个子太大,很难容身,因此

只好坐在外面的台子上了。

整个夏天,艾米莉都在盼着塔克和亨利来,想给它们吃些好东西,那是它从农场后院厨房的花园里搜集来的熟透的水果,一直储藏起来的。她先是储藏了些草莓,草莓过季了之后是木莓,然后是蓝莓,而现在,它的目标是桃子。对于一只小小的花栗鼠来说,从地窖一路上跟一只桃子搏斗,把桃子弄到土台下面,再弄进自己的屋子里边去绝非易事——但它还是努力弄了些来。它非常礼貌地,同时也很骄傲地给每个人尝了些水果。大家都笑纳了。

"我是多想你在早春时节能来我们这里做客的啊,老鼠先生,"它对塔克说,"丁香花开的时候可好看了!那里最大的那朵花是深紫色的——你都想象不到!"艾米莉沉默了一会儿,回忆着自己最爱的丁香花。"等到草原——我是说,等我们不再住在这里的时候,丁香花将是我最想念的东西了。"

一阵尴尬的沉默。为了打破僵局,亨利猫摇了摇尾巴说:"塔克,你该到地窖里去看看。跟哈德雷家的阁楼一样乱七八糟的。"

塔克爬出洞口来到台子边上。最初它能看到的只是地窖的地面上杂乱堆放着的割来的树丛和灌木。然后它眼睛一亮——它看到一些像是家具碎片似的东西,还有

闪着光的碎玻璃。"我说,这真有趣!"它说,"艾米莉,你不介意我到下面去搜搜宝吧?真是久违了啊!"

"去吧。"花栗鼠说。

"我也要去。"哈里说。

"你小心点啊。"它的姐姐叮嘱道。

柴斯特留在洞里跟艾米莉说话,塔克、亨利和哈里沿着地窖边缘走到西边——那里比较容易走到下面去。它们一路攀爬跌滚、磕磕绊绊地来到地窖的最下面,然后便开始了在废墟中寻宝的快乐旅程。

"这间农舍一定年头儿久远了,"亨利说,"看见那块玻璃了吗?那些波浪线都有瑕疵了。过去人们可不像现在这样知道怎么制作玻璃。"在纽约的时候,亨利在很多家古物店里浏览过,关于像古玻璃之类的东西它知道得不少。

"我觉得这块地方是被烧掉的,"哈里说。它发现了一把烧焦了的古旧的木摇椅。另一个扶手的剩余部分则被熏黑炭化了。

塔克则有最重大的发现。它在一株已经在碎瓦砾间生根的野玫瑰下面,竟找到一大本类似书的东西。"嘿,到这儿来!"它对其他人喊道。哈里和亨利走过来,三个人齐心协力把那书的封面掀开。里面的书页是褐色的,有一半已经没有了——好像也是被烧掉的。当然,它还

遭受了数年的雨雪侵袭。但书页上的字迹依然清晰可见。

亨利猫读着那些字：约瑟夫·哈里家的圣经。

"他一定是这个农场的主人！"哈里大声说。

"他走时留下他的家庭圣经，"塔克说，"你信不信？"

"也许他以为书在火里被烧掉了。"亨利说。

它们在地窖里折腾了一个来小时。在那些从农舍里残存下来的东西中生长出来的灌木、野花间搜寻，就像同时游走在室内和室外——那种感觉非常好玩儿。后来艾米莉朝下面喊，说柴斯特觉得该回去了。然而，西面远比三位探险者以为的更为陡峭，所以爬上去比当初下来时困难得多。亨利只得把塔克和哈里从边缘推上去。最后它们终于回到上面。

柴斯特和艾米莉正等在丁香花下面。"过得很愉快吧，老鼠先生？"花栗鼠问道。

"非常愉快，"塔克说，"在地下搜宝感觉真爽！"它回身朝地窖望了望——在那堆古旧的人类遗物中，自然已经重生，"事实上，非常奇妙！"

其他人已经在道别了，只有塔克还在冲着地窖凝神思考。它胡须微颤，自言自语着什么。

"你说什么呢？"亨利猫问。

"我什么也没说。"老鼠回答。

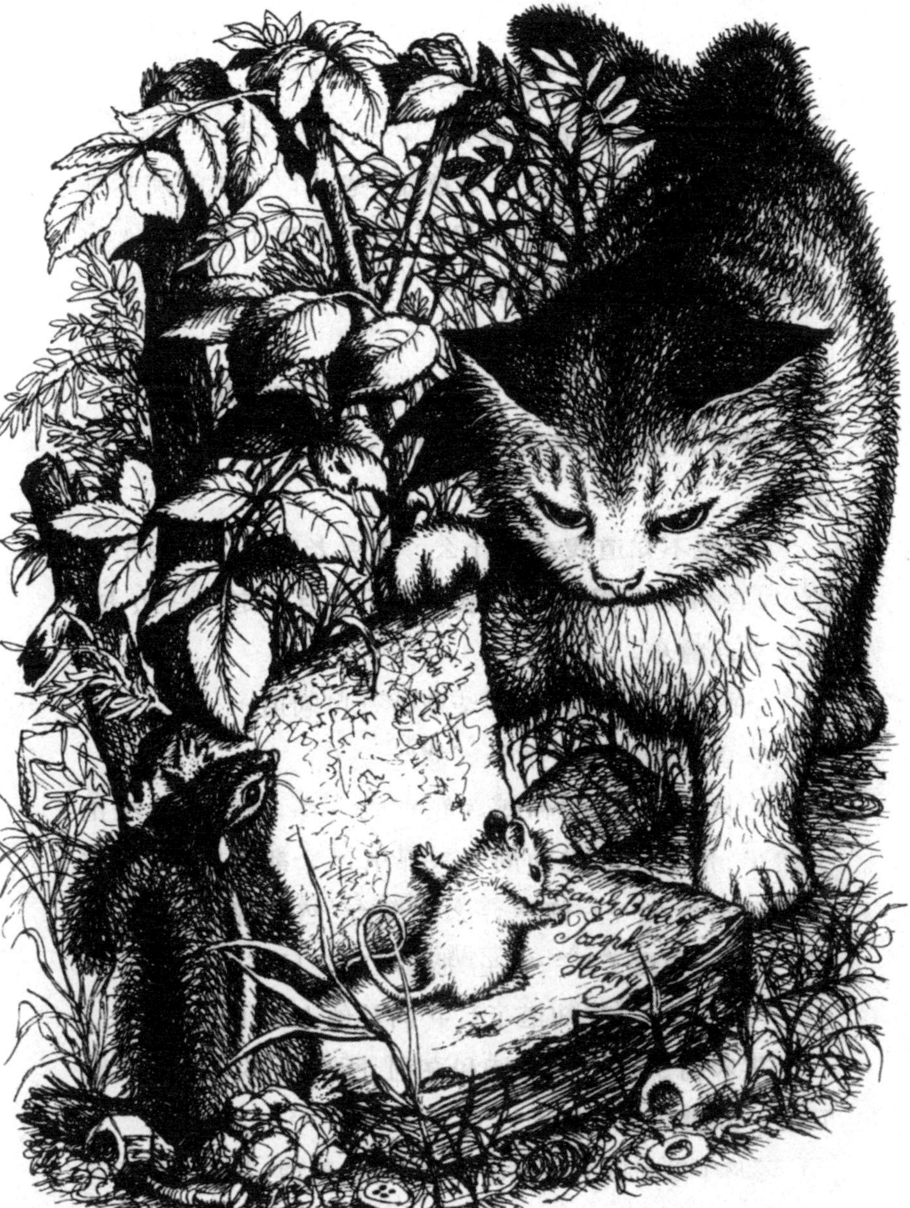

"不对,你说了。"亨利坚持。

"哦,我只不过在琢磨呢,"塔克说,"约瑟夫·哈里,约瑟夫·海德雷,艾伦·哈德雷,嗯。"它的胡须烦躁地抽动着——这常常是个信号,"柴斯特,那个重要的人物海德雷,他的名字叫作约瑟夫,对吧?"

"对啊,"柴斯特说,"怎么了?"

"没什么,"塔克说,"没人知道他住在哪儿。嗯。"

没有人说话。亨利轻轻问道:"塔克——你在想什么?"

"我也不知道我在想什么,"塔克老鼠说,"可我是在想。我必须得弄明白我在想什么。"它自己走到一边去,开始来回踱步。

"你是不是觉得……"柴斯特开口问道。

但亨利抬起一只爪子,"嘘!"

两只花栗鼠、猫和蟋蟀静静地坐着。塔克老鼠停止了踱步,指了指自己面前——那里什么都没有。然后它又指了指什么——依然什么都没有。然后,随着一声大喊——"我知道了!"——它跳起足有三尺多高。

"我知道了!我知道了!"它向其他人跑了过去。

艾米莉、哈里、柴斯特和亨利,所有人都异口同声地问道:"知道什么啦?"

"现在没时间告诉你们!"塔克老鼠说,"快召集所有

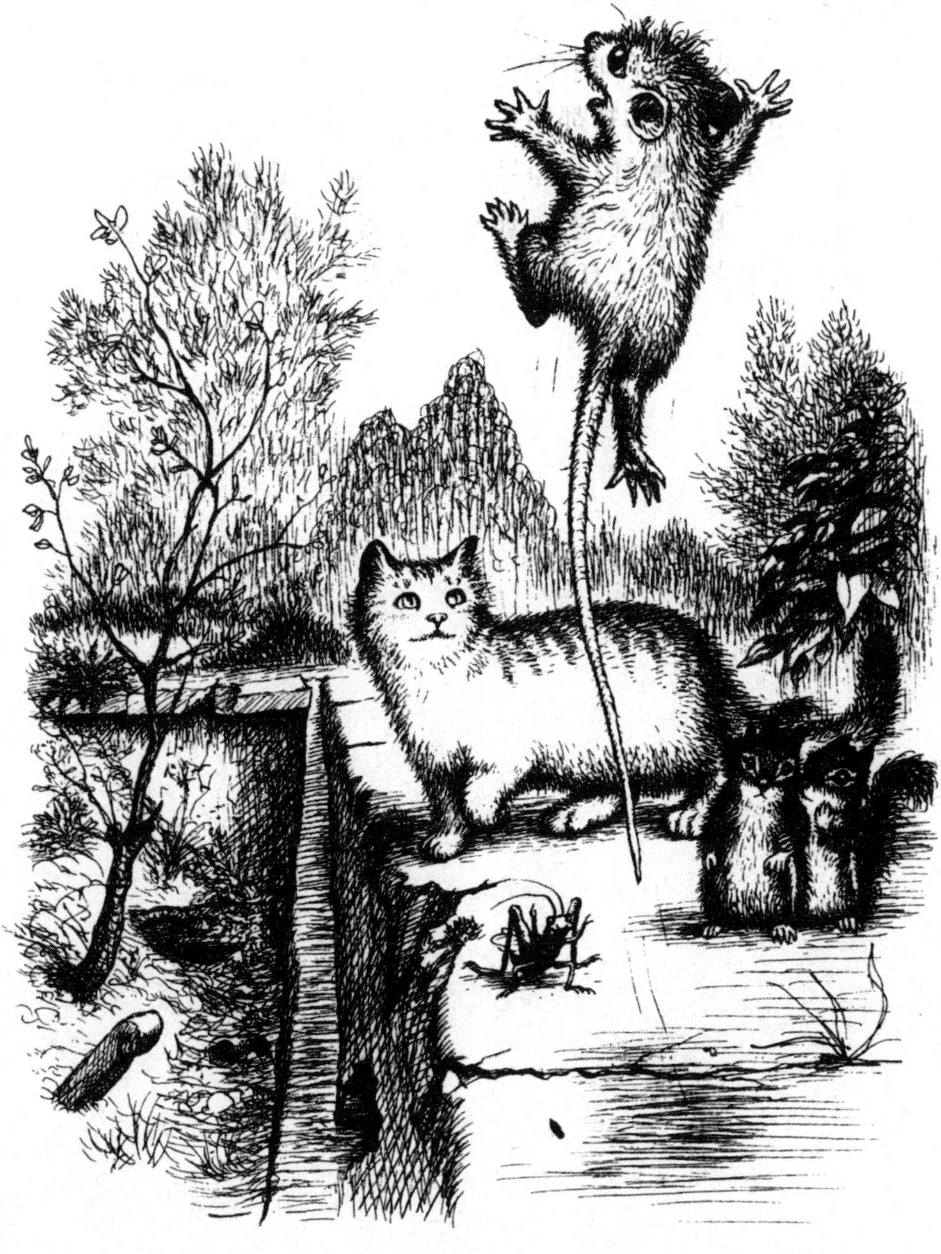

国际大奖小说

动物!草原上所有的动物!雉鸡、松鼠!还有各种各样的野兔!召集所有动物都到赛门的池塘去!越快越好!到时候我会跟大家解释!我们只有一天的时间了!但,大草原有救啦!"它向地窖望去,眼神里有兴奋,却也有着一丝阴影。"至少也许是有救了——我希望!"

Tucker's Countryside

第十一章

如何确立一个发现

关于从纽约来的老鼠有了另一个计划的消息像一阵风一样在草原传开了。动物们从四面八方拥向赛门的池塘。中午时分,一大群动物已经聚集在了老乌龟经常晒太阳的那根原木周围。乌龟也在那里躺着,等着听塔克要说些什么。老鼠跃上身边的原木,环视四周,在它眼前的是一张张期待的面孔。

"朋友们,草原的住户们!"它开口了,"大家知道,毁掉你们家园的工程已经开始了。"大家发出一片抱怨之声。"这一点,那些人类知道得更清楚。"塔克说,"可就在今天早上,我想到一个主意,也许能奏效!"

"好哇!"各种各样的田鼠聚集的地方发出一片欢呼声。

"等我们安全以后再叫好吧!"塔克说。它继续讲述:"就在刚才,我们发现哈里和艾米莉住的地方曾经是一个叫作约瑟夫·哈里的人的家,我就有了个想法——"

"约瑟夫·哈里!"乌龟赛门叫道,"噢,我没听人提起这个名字已经——已经——上帝啊,我甚至都记不清已经有多少年啦!"

"非常有意思,乌龟先生,"塔克说——它急于继续讲述它的计划,"然而,目前——"

可赛门却开始了一番话旧——对它来说,那是件特

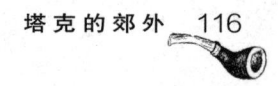

别有意思的往事,令它记起数年前的一个场景。"我记得我的祖父——它叫作阿莫斯——我记得我刚出生时它就告诉过我,它的祖父——也就是我的曾曾祖父——"

"乌龟先生!"塔克急得直跺脚。

"——它的祖父,"可赛门只管继续说,"告诉我的祖父,说它记得哈里一家住在农舍的那些日子。它给它讲

了那一夜的大火。我记得我祖父说,哈里家有只大狗,它打翻了一盏煤油灯——回想那个年代,还没有电呢,人们只得用煤油灯——然后……"

"乌龟先生!"塔克老鼠不耐烦地大叫,"如果你可以让我把我的计划讲完,而且,如果我的计划能管用的话,也许你的孙儿们也能有事情可以回忆了!"

塔克的愤慨让赛门震惊,也让它从回忆里重回到现实中来。"哦,不管怎么说,"它说,"你继续讲吧。"

"长话短说,"塔克说着看了乌龟一眼,表情严肃,"我们要做的就是让人们相信那间农舍原先是属于约瑟夫·海德雷的,而非约瑟夫·哈里。柴斯特,你说过人们并不知道约瑟夫·海德雷到底住在哪儿,是吧?"

"是啊,我说过,"蟋蟀说,"可是……"

"等等。"老鼠抬起一只前爪打断它,"如果我们可以让人们相信大草原就是约瑟夫·海德雷的宅地和农场,我猜想人们是不敢毁掉这样一个——"它长而尖的声音此刻变得非常郑重而意味深长,"——这样一个有历史意义的地方!所以我们必须去糊弄一下那些愚蠢的人们。怎么样?你们认为如何?"

动物们面面相觑,都在心里权衡这个主意。然后有些动物开始面露微笑,更有些动物笑出声来。兴奋的热浪在它们中翻腾。愚弄人类像是个游戏,却是一种拯救

草原的手段。

"现在我想我们应该这么做,"塔克说,"首先,我们——"

"哦——塔克,"蟋蟀柴斯特说,"原谅我打断你。可即使我们能够这么做,但那是不是有点儿——哦,我的意思是说,像说谎?"

"噢,柴斯特!"塔克大叫,"你太老实啦!这并不好!人类要毁掉你的家啦!毁掉每个人的家啊!而你还在为说个小谎而过意不去!我还能想出来的另一个办法就是,等到星期一的早上,我们当中所有有牙齿的全部出动去攻击那些工人!我们要让镇上相信,草原上到处都是疯狂的啮齿动物。但那样也许他们就要到这儿来把我们全都灭掉了!"

"柴斯特,"亨利猫说,"试着说服自己这不是个谎言吧——只是个善意的欺骗而已,是为大家好。"

"没错!"塔克说,"一个'善意的欺骗'。为了大家好!也是为了人类好——如果他们脑子不够灵光保留住美丽的草原的话!"说话间,它又是一个计上心来,"想象一下那种荣耀的情绪吧,柴斯特!他们会有多么骄傲——因为发现了约瑟夫·海德雷的宅地。一想到那种爱国主义精神,我就想哭!"

"好吧。"柴斯特同意了。

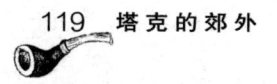

"好！就这么定了！"塔克老鼠说，"下面是我们要做的：首先，各种各样的野兔、田鼠到那地窖里去搜集些看上去不算旧的东西——不算太旧的！如果有疑问——比如说碟子啊，家具啊——问亨利、柴斯特或问我都可以。找到那些看上去至少还没有几百年那么老的东西，就把它们弄出地窖去藏起来！行动吧，野兔们和田鼠们！"塔克逐渐说到了计划的精髓，它拍拍两只前爪，又搓了搓，很有作为这当下一群人领袖的样子。各种各样的野兔和田鼠则向农舍的废墟飞奔而去。

"我们也去帮忙吧。"从一边传来文质彬彬的声音——雉鸡贝翠西和哲罗姆坐在离其他人稍远的一边。

"太好啦！"塔克说，"你们俩和野兔、田鼠一起去。要'淘'的，贝翠西！前所未有地'淘'才行！"

雉鸡贝翠西接受这样的指示时显得有点儿不知所措。不用说，这辈子它还没有'淘'过东西呢。它也并不太情愿这一整天都要跟一帮普通的田鼠为伍。可它意识到事情紧急，所以它甩掉了自己的骄傲——也告诉哲罗姆甩掉它的骄傲——一起飞走了。实际上，到那天下午晚些时候，它已经发现自己非常喜欢这种"淘宝"了——或曰"考古"，它更喜欢这么说。正是它，发现了一把纯银的勺子。大家都觉得一把纯银的勺子恰切地代表了约瑟夫·海德雷的宅地。然而，贝翠西凭借其锐利的雉鸡的眼

Tucker's Countryside

神又注意到，在勺子把儿的末端印有非常细小的字迹，那是勺子的制造日期：1834年。这就说明，1834年是约瑟夫·海德雷可能拥有这把勺子的最早的一个年头儿了，而这显然不太恰当。贝翠西说，要是这样的话，它就自己留着它了，于是就把勺子带回自己的窝里去了。其他被发现的东西也都不够古老——比如说一个坎贝尔的汤罐头——被运了出来埋在了果园里。

地窖里的工作进行得如火如荼的时候，塔克老鼠依然在赛门的池塘边上颁布着行动方案。"现在，最重要的一件事情——这项工作交给你，亨利——就是去把我们在哈德雷家的阁楼上看到的那块牌子弄出来。记得我们看到的那块牌子吧，上面贴了用铁制的字母拼写成'哈德雷'字样的那块？我必须要弄到它！这是事情的关键！"

"我可以去帮忙，"比尔松鼠说，"哈德雷家屋檐下面有个大洞，足够两只松鼠并排进出的。而且，那些阁楼里的机关，我们比人了解得更清楚呢。"

"很好！"塔克说，"那你去帮亨利的忙。但要等到哈德雷一家睡觉之后再行动——那样会容易些。"

"哈德雷跟海德雷可不一样啊。"亨利猫说。

"这个不用你操心，"塔克打断它，"你就看我的吧！提醒我别忘了把那本约瑟夫·哈里家圣经的第一页啃掉些。"

"为什么啊?"亨利问道,"那肯定还得费劲儿拽开。肯定会露馅儿的。"

"我处理之后就不会的,不可能会!"塔克说,"我打算做个手脚,让它变作约瑟夫·海××家的圣经——没有后文。人们就会认为海××就是海德雷的意思。这镇上还有什么比约瑟夫·海德雷自己的家庭圣经更珍贵的东西吗?嘿!嘿!嘿!"它不能自已地发出一连串尖声大笑。"你不要沮丧,柴斯特——这只不过又是一个善意的欺骗而已。"

柴斯特忍不住自己也笑了。它摇摇头,"你必须承认——塔克要做什么事情的时候——它真是有办法!"

塔克有些小小的不屑,"你说对啦!"它表示同意,"我可是一只很有想象力的耗子!"

艾伦和小孩子们整个下午几乎都在继续着示威。他们不知道,在这个特殊的星期六,他们并不是唯一一拨儿为拯救草原而战的人。在废弃的果园里,穿过橡树大门,在农舍的地窖下面,也是一派忙碌——这可是草原上多年未见的景象了。田鼠们正在啃咬着一只破旧的帆布箱子。柴斯特说这箱子可以就扔在地窖里,但要让它看上去更破旧些。野兔们正在抓挠着一套木碗——木碗古旧得恰到好处,也在大火中遭到了部分毁损——这正

Tucker's Countryside

是塔克需要的道具。雉鸡贝翠西和哲罗姆,在欣赏了那银勺之后,又飞到一堆碎玻璃中,挑拣出那些被侵蚀得最厉害的碎片,运送到果园远处花栗鼠哈里已经挖好的一个坑里面去。

塔克老鼠到处跑动,喊着,鼓励大伙儿。"记住!一切都要在明天野餐之前准备好!海德雷日是唯一一次很多人都到大草原来的日子,是吧,柴斯特?"

"对,"蟋蟀回答,"而且,如果明天没有奏效,到了下个星期,一切就都来不及了。"塔克一直朝西边看,盼望着太阳落山。"我必须得弄到那块牌子!"它说。夜晚终于降临的时候,它和松鼠比尔还有柴斯特回到了山坡那儿,等待着哈德雷家熄灯。而地窖里的工作并未停止。在一轮满月的映照下,动物们的搜索运输工作进行了一个通宵。

哈德雷夫妇习惯在周六的晚上熬夜在电视里看个电影再睡。这个晚上的电影是他们非常喜欢的一部。他们在很多年前看过,那还是在艾伦出生之前,这次一起重温,仿佛又回到了年轻时代,感觉非常高兴。

塔克老鼠可不高兴,大半夜里像只橡皮球似的跳来跳去。"这是什么人啊?"它不耐烦地叫道,"是人还是猫头鹰啊?!"

"亨利也肯定已经等得不耐烦了。"柴斯特说。

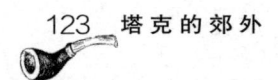

"嗯,"塔克嘟囔着,"它整个夏天都像个国王一样地住在那儿——现在也让它履行一次责任!"

"熄灯啦!"松鼠比尔说。主卧室的灯光刚刚熄灭,"你就想要那牌子吗?要是我还找到其他的老东西呢?"

"偷出来啊!"塔克高兴地说。随后,它怕蟋蟀良心上过不去,忙补充道:"好,好,好,好——咬紧牙关,柴斯特。输赢就在明天啦。"

比尔跳过了公路,来到哈德雷家的草坪上,蹿上了房前的一棵枫树。枫树的枝叶直伸向房顶,一秒钟之内,松鼠已经在阁楼里了。亨利猫正等着它。它指了指那块牌子。在从狭窄的窗户投进来的微弱的月光下,那些铁制的字母"哈德雷"闪着光。松鼠和猫一句话也不说,开始把牌子向比尔进来的那个洞口拖拽。

阁楼的这部分正好位于哈德雷夫妇的卧室之上。哈德雷太太在床上坐起身来。"亲爱的,"她说,"我听见阁楼里有动静。"

"什么?"哈德雷先生喃喃道——他已经快睡着了。

"我也不知道,"哈德雷太太说,"可我告诉过你好多次了,我觉得有松鼠跑进来过。"

"明天我去看看。"哈德雷先生把自己埋进枕头里说。

"我听见这声音不是头一次了。"哈德雷太太说。她

翻了个身，睡去了。

比尔和亨利连拖带拽地把牌子从屋檐下的洞里弄出来。"最好把它推出来。"松鼠小声说。它们喊了"一二三"用力推。牌子落下去，刚好掉到门前台阶几尺开外的地方——要是落在台阶上面，肯定会发出很大的声响来的。牌子"啪"的一声落在了草地上。亨利觉得跟比尔一道走比从屋子里的楼梯下去更容易，于是它也从那个洞爬了出来，跃过排水槽，跳到了屋顶上。"有点儿像入室行窃，是吧？"比尔在黑暗中笑道。它们都顺着枫树的枝条跳回到草坪上来。从草坪上把牌子拖到公路对面就不是什么问题了。

"抓紧时间！"看见它们俩从对面的黑夜中现身，塔克老鼠说道。

"我这就回去看看能不能找到些老东西。"比尔说。柴斯特本想跟它说自己觉得这已经够了，可没等它开口，比尔已经消失掉，又折回到哈德雷家去了。

"好了，这就是那牌子，"亨利说，"我们拿它干点儿什么？"

"这是我要做的事！"塔克说。它开始疯狂地咬掉字母A四周的木头。

"你会扎了舌头的！"柴斯特说。

塔克把满嘴木屑吐出来。"我才不在乎扎了哪儿呢

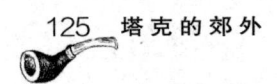

——只要我的这个计划能够奏效!"它继续啃着。楔进木头里去固定字母用的钉子比它想象的要结实,它花了一个小时才把钉子弄松动。然后,塔克和亨利一人拿着字母的一头儿又拉又拽,直到把那个A弄掉。

"可是你看,"亨利说,A的形状已经清晰地烙在了木头上面它原先待的地方了。"看上去还是哈德雷啊,只不过少了一个字母。"

"没什么办不到的,"塔克自信地说,"别担心。"

这时候松鼠比尔回来了。它一只爪子拎着一串彩色的玻璃项链,一只爪子举着一副嵌着细小铜珠的塑料耳环。"猜猜我找到什么啦!"它骄傲地宣布,"哈德雷太太的一箱子珠宝!"

"珠宝?!"柴斯特慌乱地说,"我们现在真是太离谱了!"

塔克老鼠自己在时代广场地下铁里也曾经捡过些人们遗失的珠宝,于是就凑上去看了一眼。经过初步审视,它失望地说:"只是时装珠宝,虽然还算漂亮。"

亨利猫来回扫动着它的尾巴。"我怎么觉得,"它轻轻地说,"我不认为那串玻璃项链或是那副塑料耳环像是从一位先人的故居里找出来的东西。"

"嗯。"塔克闷头考虑了一分钟,"我告诉你吧。如果我的计划成功,我肯定值得被犒赏一下——我会留着这

Tucker's Countryside

项链。你可以把这耳环给雌鸡贝翠西,它也开始收藏了。如果它继续保持今天这种热情去淘宝,将来肯定会和我一样棒!"

蟋蟀柴斯特叹了口气,决定至少到明天晚上之前不去想"盗窃罪"这个词。

"好了,继续工作!"塔克说。它继续盯着那块牌子——这次没有咬它,而是啃起了字母A原先所在那块地方的木头。一会儿,A留下来的痕迹就被完全消除掉了。塔克把木头渣滓吐出来,深深吸了一口气。"现在进入最关键的阶段。"它先是小心翼翼地竖着在牌子上啃出了一道线。然后,在那一道的旁边,它又啃出了三条短些的、相互平行的道子——一个完美的字母E的形状突显出来。

"我明白了!"比尔说,"人们会以为牌子上写的是海德雷,而字母E丢掉了!"

"对!"塔克说,"现在,把它弄得旧一些就可以了——"它把字母L周围的木头咬掉,直到也把那字母弄得松动了。"我不想让这个也掉下来,"老鼠说,"只不过因年代久远而不牢固了。"它退后些眯起眼睛来端详那块牌子,就像是个木匠在欣赏着自己的杰作。"嗯。还有点儿不对劲儿——是边上。"在牌子的下面,有两道优雅的纸卷样式的花纹刻在木头上,是那种康涅迪格州式的细

国际大奖小说

节。"这对一位先人来说太过花哨了。比尔,你负责那边,我来这边。"松鼠和老鼠花了几分钟的时间,精力充沛地又啃又咬。现在这牌子真像是一个毁损了的、饱受侵蚀了的、年代颇远的古物了。"好了!"塔克说,"完工!用作'善意的欺骗'怎么样啊?"

"太好啦!"亨利猫说,"当个赝品也很不错。"

蟋蟀柴斯特发出一声叹息。

动物们把牌子拖下了山坡,把它浸泡到赛门的池塘里去洗掉上面的木屑——也为了刻意营造出一种多年以来一直被雨水湿气浸染的感觉,然后把它带到了农舍的地窖里去——那里,最后一只筋疲力尽的野兔才刚刚爬回家去。

塔克坚持下到地窖里去亲自妥善安置那牌子。它摆在这里试试,又摆在那里试试,然后又摆回先前的位置——可放在哪里它都不满意。"看在上帝的分上,"亨利猫说,"你不是在装饰城堡!"

"我知道,"塔克说,"我在装饰废墟呢,但也要恰到好处啊。"它最后认为,那玫瑰树丛的后面是个合适的地点。那里离《圣经》很近,这样它们就可以一块儿被发现,但又不致离得太近而引起人们的怀疑。最后,它又把约瑟夫·海德雷的名字的最后三个字母啃得更清晰些,此时天已经开始放亮了。在暗淡渐明的光线中,老鼠环视

塔克的郊外　128

Tucker's Countryside

四周。"好了!"它问,"这里像是一处先人故居的废墟吗,像还是不像?"

"我不知道,"亨利说,"我从来没在废墟里待过。"

"反正,"塔克老鼠叹了口气说,"今晚在完成所有这些工作之后,我觉得自己像是先人的废墟了!"

第十二章

海德雷日

星期日的天气晴朗明媚,还有点儿清新爽快——根本不该是夏天的天气,倒像是九月的日子不经意地提前跑到八月里来了。然而对于野餐,这天气实在是好。快到中午的时候,附近的家庭开始陆续地到草原上来了。一些人带了折叠桌椅,另一些想要感受超棒的草地的人,则只带了毯子来坐在上面。但大家全都带着的,则是鼓鼓囊囊的野餐食篮。

塔克老鼠和其他动物们就坐在山坡上那老果园的树林里。它们在等着看谁会第一个发现那废墟——目前大家已经郑重地为它更名为"约瑟夫·海德雷的故居"。可眼前那些野餐食篮把塔克的脑袋里的其他想法全赶跑了——只剩下一个。"柴斯特,"它说,"我想知道,这些人都是怎么想的,太浪费了,食物肯定散落得到处都是。我在想,等他们都回家了,也许我们自己可以野餐一把——就吃他们剩下的东西。"

Tucker's Countryside

"如果你愿意的话,"柴斯特说,"可说实话,目前这个时候我可不太吃得下去东西。"

塔克自问有什么时候自己是不想吃东西的,它觉得这从来都不成问题。但出于尊重柴斯特的感情,它没吱声。

一点钟的时候,所有的家庭都到齐了。从山坡上动物们所在的角度望下去,人们散坐在田野上,构成了漂亮的一景。大家都穿着靓丽的夏日服装,很多人还因为这里空气凉爽带了针织衫来。一个家庭聚在一堆儿,一望之下,各个家庭就像是不同的花丛。

"我希望有人能过来了。"花栗鼠哈里说。

"我也这么想。"柴斯特说。

塔克老鼠则开始坐立不安。它已经闻到了烤肉的香味,几欲爬下去看看是否能找着点酸卷心菜丝什么的。就在它要走之前,亨利猫踱了过来——它们把那牌子弄到地窖里去之后,亨利就回到哈德雷家去了。当那一家人醒来时,它已经在那里了,一如往常。"还没人发现那老宅吗?"它问。

"是啊。"柴斯特焦急地说。

"你胡子上沾的是什么?"塔克问道。

亨利舔了舔自己的胡子。"番茄酱。哈德雷先生做了汉堡,艾伦最爱吃的那种。"

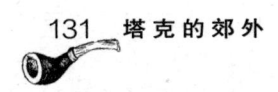

"也是我最爱吃的!"塔克嘟囔道。

"他们想让她玩得高兴,可她并不高兴。她根本就不饿。她说她宁愿示威去。可哈德雷太太跟她说每个人都要休息一天,即使是纠察线的人。"

"那你们还有多少汉堡,亨利?"塔克忧虑地问道。

"就还剩下艾伦没吃完的那半个。"亨利说。

"你真的认为有人能发现吗,亨利?"柴斯特问道。

"我想不到为什么不会。"亨利答道。

"你知道——"哈里欲言又止,"嗯,我不是说今天会这样啊,可有时候妈妈们不让孩子们跑得那么远。她们说到处都是有毒的常春藤什么的。我可不是说今天也会这样啊。"

大家沉默了好久。蟋蟀柴斯特换了两条腿来支撑身体。"人们到这里多久了?"它轻声地问。

"嗯,我觉得已经——几乎有——超过一年那么久了。"花栗鼠哈里的声音越来越小。

再一次陷入了沉默。远处人们野餐时的笑声不绝于耳。可笼罩着动物们的那种沉寂比大声说出来的担忧更糟糕。"我们不要让自己乱了方寸吧!"亨利猫说道,"他们还在吃着。就让他们吃完,再看看会怎么样吧。"

这一个小时里没有任何悬念:没有人打算要到地窖去。野餐已经结束——除了詹斯帕还在吃着他的第二块

Tucker's Countryside

甜品。一些大孩子已经开溜,大人们则坐在那里边喝着咖啡边聊天儿。动物们就那么从果园边上眼巴巴地向下望着,无助而无望。

"我们做了那么多事情。"哈里悲戚地说。

"人类不仅愚蠢,还很懒惰!"塔克老鼠说,"他们应该多转转啊——去探索!"

亨利猫一直在观察詹斯帕一家。它站起身来,尾巴在身后啪地一甩。"只剩一件事可做了。"

"别无他法了。"柴斯特说。

"哦,不对,有的,"亨利说,"一会儿我再回来时,我会跑的。到时你们给我让路啊!"

"亨利,"柴斯特迫切地问,"你要干什么?"

"我要去跟那狗狗打一架。"

还没等大家明白它的意思,只见这大猫已然从最外面一排树林中蹿了出去,飞速奔下山坡。詹斯帕一家本是跨过那原木到小溪这边来野餐的。他们全都坐在毯子上,包括鲁夫——此刻它正满怀期待地看着詹斯帕,希望可以得到他的最后一口冰淇淋。亨利就直朝他们蹿过去,越过一摞纸盘,在那圣博纳犬惊异得目瞪口呆的一瞬——此前还没谁敢跟它挑战呢——那猫已经用后腿站了起来,冲着大狗稚嫩的鼻子狠狠地就是一爪子。然后它又分寸感极佳地高高跳起,越过鲁夫的脑袋,在所

有的爪子都张开的情况下,"着陆"在了大狗的屁股上。所谓的"伤害加侮辱"不过如此。而鲁夫的反应如同所有自尊的圣博纳犬一样,它发出了一声愤怒的咆哮,满地打转,把纸碟子弄得到处都是,人们也都四散开去。亨利从它的背上跳下来,开始朝着果园的方向疯跑过来。它这辈子还从来没跑得这么快过——甚至比它自己认为能够达到的速度还要快——因为它清楚,一旦让鲁夫抓住,那康涅狄格州的海德雷就要少一只猫了。

聚集在树林边上的动物们目睹了这一切,目瞪口呆。一切发生得太快——也就是一分钟的时间——还没等它们回过神连跑带爬地闪到一边去,亨利已经飞身而过,而鲁夫就如同闪电一般尾随其后。猫从那两棵巨型橡树之间疾驰而过。然后就开始了它的把戏。就在地窖的边缘上,它突然转向旁边,跳到了通向哈里家的那个土台子上。而鲁夫根本不知道还有那么一条密道。它曾经到这农舍的废墟来过几次,四下看过,可此刻在狂怒之下,它早就忘了此刻就在它面前突然张开大口的那个大洞。它试图紧急"刹车",却失控地向前滑去,随后,伴着一声恐惧——并非愤怒——的狂吠,它向下倾倒,直掉进地窖里去了。

"你没事吧,亨利?"塔克气喘吁吁地从台子上爬下来。

Tucker's Countryside

"我还好,"亨利喘着粗气,"你是对的——我的身材走样了。喔!这是什么样的追捕啊!"它从边缘向下看,"希望狗狗没有受伤。"鲁夫没有受伤。它跌落到相当大的一片树丛上,正好保护了它。而现在它正寻找从地窖里出来的路呢,还一直在呼救。"听上去它不太愤怒啊,是吧?"亨利笑道。

花栗鼠哈里也赶了过来,蟋蟀柴斯特跳着跟在它后面。一看到亨利没事,它们便也跟着亨利和塔克一块儿从台子上向下看。"但愿能让很多人到这里来救它!"老鼠说。

鲁夫试图从向下倾斜的西边爬上来,可它没有成功。那块地方可以承载一群田鼠,甚至一只像亨利那样的大猫,却无法撑得住一只圣博纳犬。它一次次地滑下去,叫声越发大了。

"他们来了。"柴斯特小声说。

詹斯帕一家从地窖的南侧出现了。他们可以从那叫声中发出的恐惧的信号分辨出他们的狗遇到麻烦了,于是循声而来。艾伦也和他们一起来了,但她担心的则是她的猫咪。她看见它正坐在台子上面,就喊它。"我最好到她那儿去,"亨利小声说,"你们就祈祷吧。"它轻轻绕过地窖沿儿,艾伦把它抱起来,看到它并没有受伤,就在它脑门儿上吻了一下,批评它跟圣博纳犬打架,是只坏

猫。

"我下去把它递给你，爸爸。"詹斯帕的哥哥戴维说。

"我也去！"詹斯帕说。还没等他妈妈说不许——她肯定不会让他去的——他已经滑到地窖里去。

戴维尽量把鲁夫从边上举起来，然后抓住大狗的腰身把它举高，直到他爸爸可以够着它的前腿。上面的人用力拉拽，使劲将鲁夫从沿边拉了上来，得到了大狗感激的动情一吻。戴维则被以同样的办法拉上来。

"詹斯帕，马上离开那里！"他妈妈在喊。

"这就上来了。"詹斯帕回答着。可他并没有离开。他随意地在地窖里浏览着，就想看看能找到些什么。

"看那孩子在搜索呢！"塔克敬佩地小声对柴斯特说，"从我第一天见到他就知道他是个了不起的孩子。加油啊，詹斯帕！不要让我们失望！"

詹斯帕果真没有让动物们失望。他先是发现了那圣经，饶有兴致地翻开来看。可他太小了，还不认字，所以他并没意识到那就是约瑟夫·海××家的圣经。然后，在另一边的玫瑰丛里，他找到一件看起来非常有意思的东西。带着所有伟大的探险家都会有的那种欣喜，他把那块牌子举起来向他的父母喊道："看我找到了什么！"

"那是什么？"戴维问。

詹斯帕手脚并用地攀到沿上，把牌子递给他哥哥。

Tucker's Countryside

"它是我的了!"他自豪地说,"我找到了它。"

"嘿,爸爸!"戴维兴奋地说,"看看这东西!"

詹斯帕和戴维的爸爸仔细地看着那块牌子。"亲爱的,"他喊他太太,"戴维在那下面找到了一块牌子,上面写着海德雷。你觉得这是什么意思?"

"我找到的!"詹斯帕喊道,"我找到的!那是我的!"他从那边缘上爬不上来,"把我拽上去!"戴维把他拉了上来,小男孩立刻开始捶打他哥哥的前胸:"是我找到的!"

"好吧,是你找到的!"戴维边说边躲避那拳头,"别再捣我啦!"

"戴维,"他爸爸说,"快去告诉其他人发生了什么。这也许非常重要。"男孩从果园小跑出去了。

而这边在哈里的屋子里面,快乐的情绪越来越高涨。那种气氛把还在气喘吁吁的动物们托举得很高,像是飘浮在了空中一样。"好啊,"蟋蟀柴斯特终于说,"开始了!"

半个小时之内,旧农舍的地窖里挤满了大人和小孩,大家都在摸索着找东西。好多件老物件被挖掘了出来,很多处长有有毒的常春藤的地方被圈了起来。大人们一致认为应该立即通知镇议会——当然是报告这个发现,而不是有毒的常春藤。可除了南希的爸爸有个朋

友认识主席之外,他们没人跟议会成员有私交。南希爸爸就带了那牌子开车走了。一个小时之后他回来了,镇议会的主席也亲自跟他一道过来了。

这主席非常胖,叫作维西。他只能在别人的帮助下,被拽下地窖里面去。而他在那里看到的东西深深地感动了他。他是如此激动,非得讲讲话才行。毕竟,今天是"海德雷日",政客们是被允许发表演讲的。"亲爱的朋友们,"他开口了,"我无法表达出约瑟夫·海德雷故居遗址的发现有多么的触动我!这是件最高的——非常伟大的事情——"

就在维西主席的头顶上,在哈里屋子外面的台子上,动物们也在聆听着他的演说。"下面就要说啦!"塔克小声说道。

主席找到了那恰恰合适的词汇:"——一件有着最深远历史意义的事件!"

"我告诉过你们的吧?"老鼠尖叫道,"噢!噢!噢!噢!"

维西先生继续说,由于这个发现极为重要,在大草原建公寓的计划必须要被重新考虑。他自己更倾向于在镇议会一个叫作"非常夜晚"的特别会议上面提议,将整个地区保留原貌——"作为纪念伟大先人的自然圣地"。

艾伦跟其他孩子们一样,极为崇敬地聆听着主席的演讲。但当她听到那几句话的时候——关于将草原保留

Tucker's Countryside

原貌——她的眼里泪光闪动，不得不将两手握紧才不致叫出声来。演讲结束的时候，她和詹斯帕比其他人都更使劲地鼓掌。花栗鼠哈里则比她更卖力气，可它的手掌太细小了，再拍也根本没人听得见。

这的确是个奇迹般的下午。动物们看着那块历经数年才有幸被挖掘出来的珍贵的牌子，从一只手被传送到另一只手上。轮到艾伦拿着它看的时候，那些铁制的字母让她倍觉熟悉。她不禁脱口问道："妈妈，你还记得我家前院曾经用过的那块木头牌子吗？"

"噢，天啊！"塔克老鼠叫出声来，"她要坏事啦！"

哈德雷太太就站在旁边，正和其他女士们说话。詹斯帕的妈妈话音未落，说她光是想想这牌子待的地方——立在历史的地窖里，就觉得它有多么了不起！"什么，亲爱的？"哈德雷太太问女儿，"对不起，我没听见。"

"我是说，你还记得……"艾伦刚刚开口，却又突然停住，飞快地看了她妈妈一眼，然后就凝视着自己手里的牌子。一丝微笑掠过她的脸。"没什么，妈妈，"她说，"我忘记我想说什么了。"她把牌子藏到了身后，以最快的速度把它传给了詹斯帕——詹斯帕一直坚持认为那牌子理所应当是他的。

在女士们头顶上方的台子上，如释重负的一口大气吹起了一撮尘土。那些尘土就那么安详地飘下，直落在

此刻约瑟夫·海德雷故居的历史性的遗址上。

这天剩下的时间里，一丝诡秘的微笑始终荡漾在艾伦的脸上——是那种你知道了某个秘密时都会有的笑。她对任何人都只字未提，却一直独自在草原上到处游荡，仿佛在找什么人似的——但那个人她又并不认识。妈妈注意到了她反常的行为，问她是不是不开心，安慰她说现在大草原已经有救了。艾伦说，她非常快乐。但她的快乐也是隐秘而悄然的，就如同她那微笑一样。

许多其他人，包括镇议会的很多成员都来参观地窖。他们也都非常激动，一些人还发表了演讲——像维西主席那样。边缘上面有那么多人向下看，一度非常拥挤。动物们瞅准个机会才脱身出来。亨利猫也同样从艾伦那里溜了出来——这个特别的下午，它只想跟它的朋友们在一起。

可历史总会变得有些让人厌倦，更不用说演说了。半夜时分，人们纷纷散去。走到公路上来以后，许多人回头望去。大草原一如往昔——那山坡，那小溪，那黑暗中的田野——可不知为什么，现在才真正感觉到它的重要：这是个"历史性的"地方啊。他们早该知道才是。其实草原已经重要了那么多年，也美丽了那么多年——却并不是因为历史。

这期间塔克老鼠可没闲着，它又进行了些深入的探

Tucker's Countryside

索与搜索,而它的发现令它兴奋不已!"亨利!"它说,"你肯定不相信!这地方到处都乱丢着没吃完的热狗,汉堡的面片,大块又甜又黏的土豆沙拉渣儿!"

"这脑袋又开始转了!"亨利猫笑道。

"我提议,"柴斯特说,"我们来个聚会吧!天知道,我们真该好好儿庆祝一下呢!把大家都邀请来!"

"好哇!"各种各样的田鼠发出了欢叫声。

"我们把所有吃的东西都搜集来,带到我的树桩去。"柴斯特说。

"我还想听你演奏呢,"塔克说,"听你演奏你学到的那些人类的旋律,特别是你在纽约告别音乐会上演奏过的那支曲子。"

花栗鼠已经开始上蹿下跳了,"我们快开始吧!人全都已经走啦!"

"不是全都,"亨利说,"看!"

在赛门的池塘上面的山坡上,艾伦·哈德雷站在那里。动物们听到她妈妈在喊她。"艾伦!天凉了,你还不进来吗?"

"进来,"女孩回答着,"马上。"

"她整个下午的表情都非常有趣。"塔克说。

"是因为那牌子,"柴斯特说,"她一定是感觉到什么了,可又不知道到底是怎么回事。"

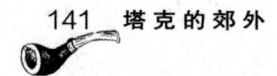

国际大奖小说

艾伦开始走下山坡去,朝着溪边她的"特别乐园"走去。"让我们看看她要干什么去。"亨利说。动物们有的走有的爬有的跳,都到环绕着"特别乐园"的那片丛林里去了。

空气里有一丝寒意,那是秋天即将到来的信息,而冬天随后就到。但那寒意中亦有冬天之外春天的承诺,然后将是夏天,以及此后所有季节的更替与轮回——如今,这些都已然和从前的自然一样。

艾伦站了一会儿,看了看,又听了听。然后,她非常轻柔地说道:"我觉得这有点儿傻,我没跟任何人说——可不管你是谁——谢谢你。"

她转过身爬上山坡,走过公路回家去了,一路上再也没有回过头来。

那个晚上,那个有着伟大发现的晚上,从它降临到康涅狄格州海德雷的那一刻起,被许多人牢牢地铭记在心了。

它也被在海德雷一间公立高等学校里教音乐的弗兰克·劳勒先生和他的夫人劳勒太太铭记在心。在这个特殊的夜晚,劳勒先生和他的夫人开车途经草原。刚刚过了小溪流出草原的那座桥,劳勒先生就把车停了下来。

"怎么了?"他太太问道。

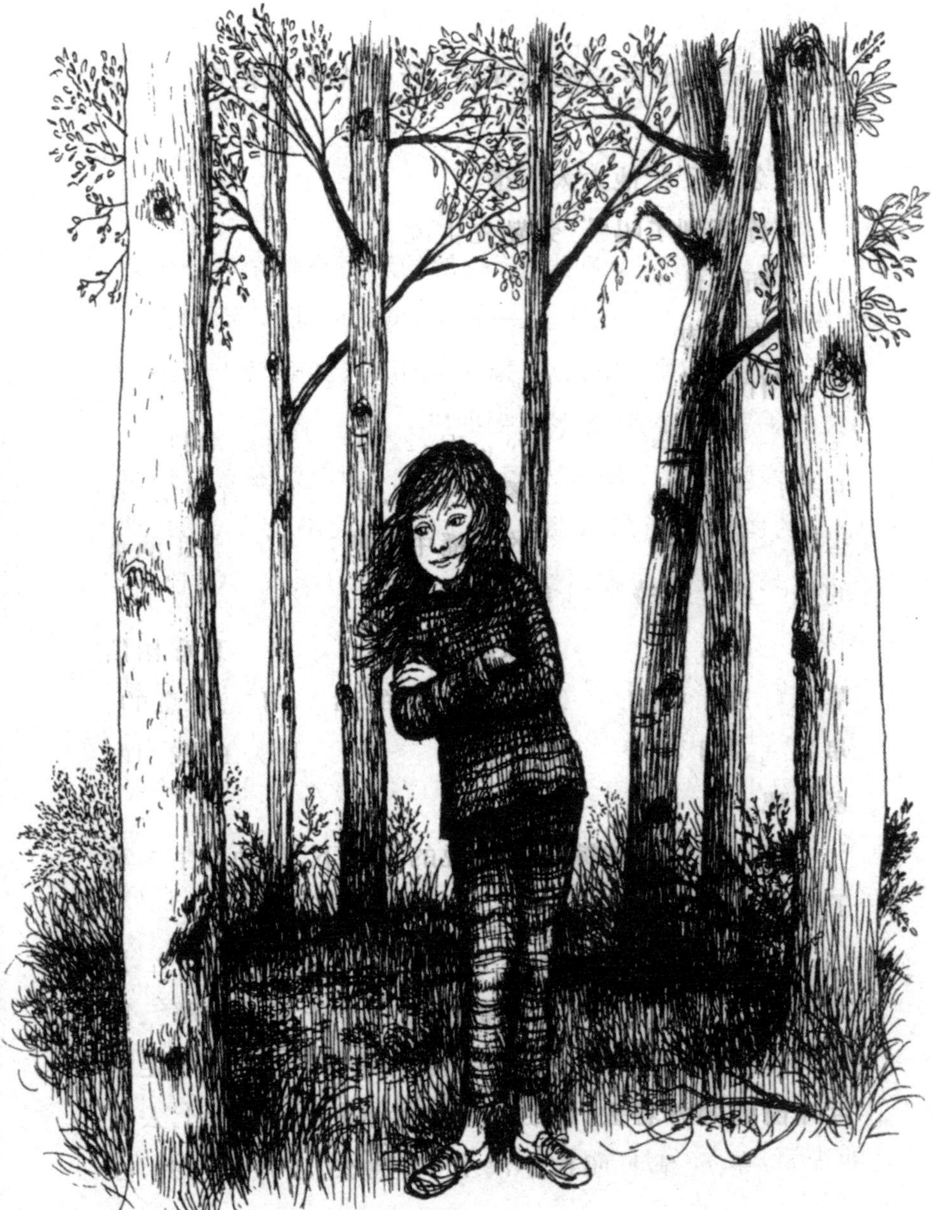

"你听到了吗?"劳勒先生说。

"听见什么?"

"在那边的黑暗中有乐声。"

"什么?"劳勒太太说。

"是只昆虫!"劳勒先生说,他的声音有些颤抖——并非出于害怕,"它在演奏——哦,我知道那首曲子!在星期六下午城市歌剧院的广播中我听到过的。它正演奏的是《凶手罗齐》的那首六重唱曲!"

"亲爱的,"劳勒太太轻轻地说,"如果你愿意相信草原上的昆虫知道怎么演奏歌剧的话,我不会介意的,弗兰克。我真的不介意。我爱你,亲爱的。但现在,我们回家去吧。"

在一种莫名的惊异与愉悦的状态下,劳勒先生发动了汽车开走了。

但也许最将铭记这个美妙夜晚的人是艾伦·哈德雷。躺在床上许久,她仍然觉得下午发生的那些重大事件并没有结束。她的卧室朝向草原,她悄悄地走到百叶窗前向外看去。在右边柳树生长的地方,看上去有一束光亮:是满月照在小溪上了,她想,还有萤火虫,在这个季节它们本不该亮得那么久的。有好几回,她都觉得自己听到了奇怪的声音,有时像是音乐声,然后像是鼓掌的声音,之后又像是有笑声。动物们会笑吗?她琢磨着。

Tucker's Countryside

昆虫会笑吗?树、小溪,甚至连草地都会笑吗?她不知道。但不管这草原有多么神奇,在这个特殊的夜晚,就连那被柳树枝条掩映、有溪水蜿蜒流经的老树桩都将会被清晰地铭记。她几欲披衣出门,趁着夜色一探究竟。但她还是没去。那样会惹父母生气的——这其实才是她没有出去的真正原因。但艾伦敏感地意识到,真的存在着一种神奇,但自己最好不去惊扰它。

第十三章

又一次告别

星期一的早上,草原上的居民们都起晚了。过去两天里发生的事情把大家弄得筋疲力尽,而昨天晚上的聚会又一直持续到凌晨。直到中午时分,塔克和柴斯特才起床。它们匆匆地到溪边饮水、洗漱——现在,这已经成了塔克的习惯了。然后就直奔哈德雷家,去看看人们关于草原到底是怎么决定的。

在山坡上看到的景象触动了它们,那是个非常好的迹象。那个卡车司机弗兰克,已经把伯莎挖走的土运了回来,正在填充山坡呢。而那蒸汽掘土机也要被装到那辆巨大的平板卡车上面去了——就是它把伯莎运到这里来的。罗正倒着走上通向卡车的斜坡,一边指挥着山姆驾驶伯莎爬上那条"羊肠小道"。"稳当点儿!稳当点儿!"他喊。

"伙计,我开伯莎你就放心吧!"山姆快乐地回应着,"到别处去挖蓄水池肯定比破坏这片草原要有意思得

多!"

塔克和柴斯特赶快走过公路,绕到哈德雷家屋子后面,到那阳光回廊的门边来。亨利猫——聚会之后它就回来了——正在那里等着他们。"你们可来了!"它叫,连问早的寒暄都省略了,它开始给它们讲那些新闻。"全镇都沸腾了!早报上,广播里,电视上!人们说这是个奇迹!"

"他们真该知道要做多少工作才能发生那么个'奇迹'!"塔克老鼠说。

"可草原到底会怎样?"柴斯特问道。

"维西主席实践了自己的诺言,"亨利回答,"他们要保留它的原貌,甚至还要再种更多的树。报纸上说他们要'建立一片自然的荒野'。"

塔克直摇头,"别处也就罢了,这康涅迪格州,还用得着你'建荒野'吗!"

"唯一一处他们要搭建的,"亨利说,"是一条通往那地窖的小路。这样人们就可以到那儿去参观了。还有塔克,听到这个你一定会骄傲的——他们要立座石碑,碑文上写着:约瑟夫·海德雷故居原址。"

"嗯,"老鼠很是不屑,"那碑文上应该写'约瑟夫·海德雷故居原址——由塔克老鼠使用诸多废弃物在所有草原动物的协助下连夜筑造'。"

"他们还把名字给改了呢,"亨利继续道,"从现在起

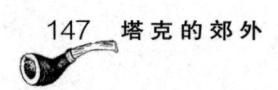

这里就叫'海德雷草原',而不叫'大草原'了。噢,看!"亨利把那报纸的头版举起来——它一直留着就是为了给它们看的。在头版正中间的位置上,是詹斯帕举着那块牌子的照片。上面写着:"这个小男孩在发现最终证实此地为海德雷故居地窖的牌子后,慷慨地将其捐赠给了海德雷镇。牌子将会同海德雷的家庭圣经一起放在玻璃匣子里在市政大厅内展出。"

"他们一定是扭着他的胳膊强迫他把那牌子交出去的。"塔克说。

亨利笑道:"我今天早上听他妈妈告诉艾伦说,直到他们答应把他的照片放到报纸的头版上,他才答应出让。"

"等着看吧,"柴斯特说,"他长大了准能当上镇议会主席!"

"怎么样,柴斯特,"亨利说,"你得到了你想要的结果。"

"多亏了塔克,"蟋蟀柴斯特说,"还有你,亨利。要不是你把鲁夫引到地窖里去,所有一切都会是徒劳的。"

"是塔克想出的办法,"亨利说着,打开门走出来,"小耗子——都是你的功劳!你拯救了一切!"说着就把塔克举起来,给了它一个拥抱。

"小心点儿,亨利!你都不知道自己有多大劲儿。"亨

利把老鼠放下来。"你知道,你出于友好就能把别人的脊柱弄折了的。"

"现在你得帮帮我了,"亨利说,"因为我有个麻烦事。"

"什么事?"塔克问。

"是艾伦。"亨利不安地摇了摇尾巴,"整个夏天她都把我当成个宠物养着,但现在到了你我该考虑回纽约去的时候了。"

"别跟我说猫咪已经吃腻了那些龙虾汉堡和巧克力圣代了啊!"塔克叫道。

"好了,好了,别提那些了好不好,"亨利说,"那些你也都有分的啊。"

"你们不是要马上就走的吧?"柴斯特问道,有些黯然神伤,"我是说,现在草原得救了,我们可以在一起好好儿地享受一下了。"

"哦,不是今天就走,"亨利说,"但会很快。我已经开始有点儿想家了,想念那些霓虹灯和地铁隆隆的响声。还有,这小耗子也一定担心它那一生的积蓄呢。"

"我一生的积蓄?!"塔克老鼠揪住自己的前襟,"我已经把它们全忘了!"

"你还能把你一生的积蓄给忘了?"亨利不信。

"是的,亨利,我忘了!"塔克说,"我忙于拯救草原

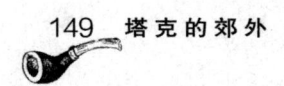

啊。我真想知道那些讨厌的老鼠是不是得手了。"它开始坐立不安,"亨利,我们什么时候走?什么时候,亨利?"

"等你解决了我的问题之后,"亨利说,"你得想出点法子来让艾伦失去她的宠物——就是我——的时候不会不高兴。"

"嗯。"塔克搔搔耳朵又翘翘胡子,"这是项难度很大的作业啊。"

"我希望你很长时间都想不出来才好,"柴斯特说,"草原的九月特别漂亮。"

"就这样吧,"亨利说,"你想出个法子,然后我们回纽约去。另外,明天找时间再过来——哈德雷太太晚饭会做苹果派,我想办法给你偷一块出来。"

"苹果派?!"塔克的脸上又浮现出那种熟悉的表情——目光迷离而喜不自胜。

"你知道吗?"蟋蟀柴斯特说,"我真想让你们再多逗留一些时候啊。"

"我们也想啊!"亨利猫笑道。

可没过多少日子,塔克老鼠就想出了个妙主意。八月已经结束,九月已经来了。绿油油、金灿灿的夏天一经红色、褐色点染,变得斑斑驳驳。艾伦开学了。那些小孩子们今年也上一年级了。塔克和柴斯特每天都到哈德雷

Tucker's Countryside

家去。亨利经常给它的朋友们留一点儿好吃的东西。可老鼠觉得尽管哈德雷太太是个好厨子,它和亨利也不会在康涅迪格州一直待下去的。所以,在一个它们都聚在树桩里的早上,它把自己的计划告诉了柴斯特。

柴斯特听了以后直点头:"太棒了——要是它肯的话。"

亨利听到这主意之后大笑出声来。"但是它胆子太小了——不到最后时刻不要告诉它!"

接下来的两天里,亨利大多时间都待在草原,还睡在了树桩里,因为它想让艾伦习惯这么个念头:它越来越不安分了,想要溜走了。而第三天早上,当艾伦醒来时,亨利就坐在她的床脚下。"你回来啦!"她说,"我还以为你被好东西吸引住了呢。"

早餐时,亨利吃猫粮,可艾伦把自己的一小片煎蛋给了它。通常,她上学前要做的最后一件事就是把亨利抱起来,在它的脑门儿上亲一下。而今天当她亲了亲亨利之后,亨利舔了舔她的手,长长地叫了一声。她惊讶地看着它。这是一只多么与众不同的猫啊!很多时候,她都觉得它了解自己似乎比自己了解它更多。亨利又叫了一声,她把它放下来,而它知道这是她最后一次见到自己了。

随后,塔克和亨利要动身回纽约去的那个下午终于

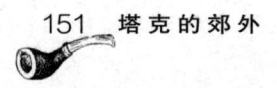

来临了。草原的所有动物们都想让它们留下来，可它们却也明白离开家很长一段时间之后的感受是怎样的。五点钟了，光线低沉而又柔和，在知更鸟约翰给猫和老鼠带路到车站去之前，大家都聚集到了赛门的池塘边来道别。

"她在那边她的'特别乐园'那儿吧？"塔克小声问亨利。

"对，她正喊我呢，"亨利说，"这让我真不好受！赶快走吧！"

塔克跳到赛门的原木上去。"亲爱的朋友们，"它开口了，"在我们说再见之前，还有件事情得关照到。你们大家都知道，亨利猫——它还被人叫作猫咪猫咪猫咪——作为艾伦的宠物已经在哈德雷家住了一个夏天了。她已经爱上了它。谁又不会呢？——了解亨利的人都会爱上它的。"

"好哇！"各种各样的田鼠发出了欢呼。一群田鼠给一只猫叫好，这是康涅狄格州历史上的首次、也是唯一的一次。

塔克继续说道："现在，为了让艾伦不致在她的宠物走失之后伤心难过，我们觉得该让她有另外一只宠物。没人可以替代亨利，但有的人还是可以去尝试一下。这'有的人'就是——"它的右前爪一翻，指了出去，"你，花

Tucker's Countryside

栗鼠哈里!"它从原木上跳下来,拍了拍哈里的肩膀,"祝贺你啊,哈里——你现在是艾伦·哈德雷的新宠物啦。"

"我?!"花栗鼠用颤抖的声音问道,"为什么是我呢?"它细小的黑色鼻子变得苍白。

"我还曾经自告奋勇呢,哈里,"柴斯特说,"可艾伦只喜欢有皮毛的家伙。"哈里开始结结巴巴地说:"哦,嗯,有一只非常漂亮的叫作乔的臭鼬,就住在地窖那边的树林里……"

"一只非常漂亮的叫作乔的臭鼬正是艾伦不想要的,"塔克说,"更不要说她妈妈了。"

"那旱獭吉姆怎么样?"哈里恳求道,"它的身材棒极啦!"

塔克严肃地摇了摇头,"我的直觉告诉我就是你。所以,不要跟命运抗争了,花栗鼠哈里!"

"可是,可是,谁听说过人会拿花栗鼠当宠物的啊?"

"你可以开创新风尚嘛,"塔克说,"做个先锋吧——像我和约瑟夫·海德雷那样!"

"哈里,"艾米莉说话了,"毕竟,老鼠先生这个夏天帮了我们的忙,我想,它让你怎么做你就怎么做吧。"当一位大姐姐用了某种沉静的口吻说话,小弟弟恐怕也就没什么可说的了。

动物们簇拥着哈里绕过池塘,来到艾伦的"特别乐

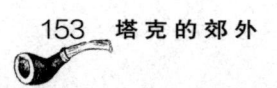

153　塔克的郊外

园"周围的丛林里。她正坐在那圈白桦林里,喊着亨利的名字,希望它能回来。塔克最后在花栗鼠的背上鼓励性地一拍:"去吧,哈里。做个英雄。"

"我不知道住在人的家里面是不是会习惯。"哈里犹疑地说。

"我猜,她还会让你住在草原的,她会到这里来跟你玩,"塔克说,"最糟糕的结果不过是——"它耸耸肩膀,"你得去适应那些汉堡和巧克力圣代。去吧。"

"好吧,老鼠先生,"哈里喘着粗气,"我走了——我真的要走了——我现在就走了——"

"出发!"塔克命令道,指了指女孩。

哈里一路小跑到那开阔地里,一个箭步跳到了艾伦的膝上去。艾伦被它吓了一跳,几乎向后摔翻过去。花栗鼠本应是那种害羞的、怕人的动物,但这只有趣的小东西却跳到她面前来,它坐在自己的后腿上,好像就是要跟她交朋友似的。她伸出手指,非常轻柔地抚摸着它的脑袋。没过几分钟,它就在她手边跳来跳去,又钻到她背后去,和她玩起了捉迷藏的游戏。

"我跟你说什么来着?"塔克对亨利说,"一对绝配!"

艾伦和哈里一起几乎一直玩到该吃晚饭的时间。"你明天还会来吗?"她问,"我现在得回家去了。哈里用它那细小的声音尖叫着"好的!"她一定听懂了它的回

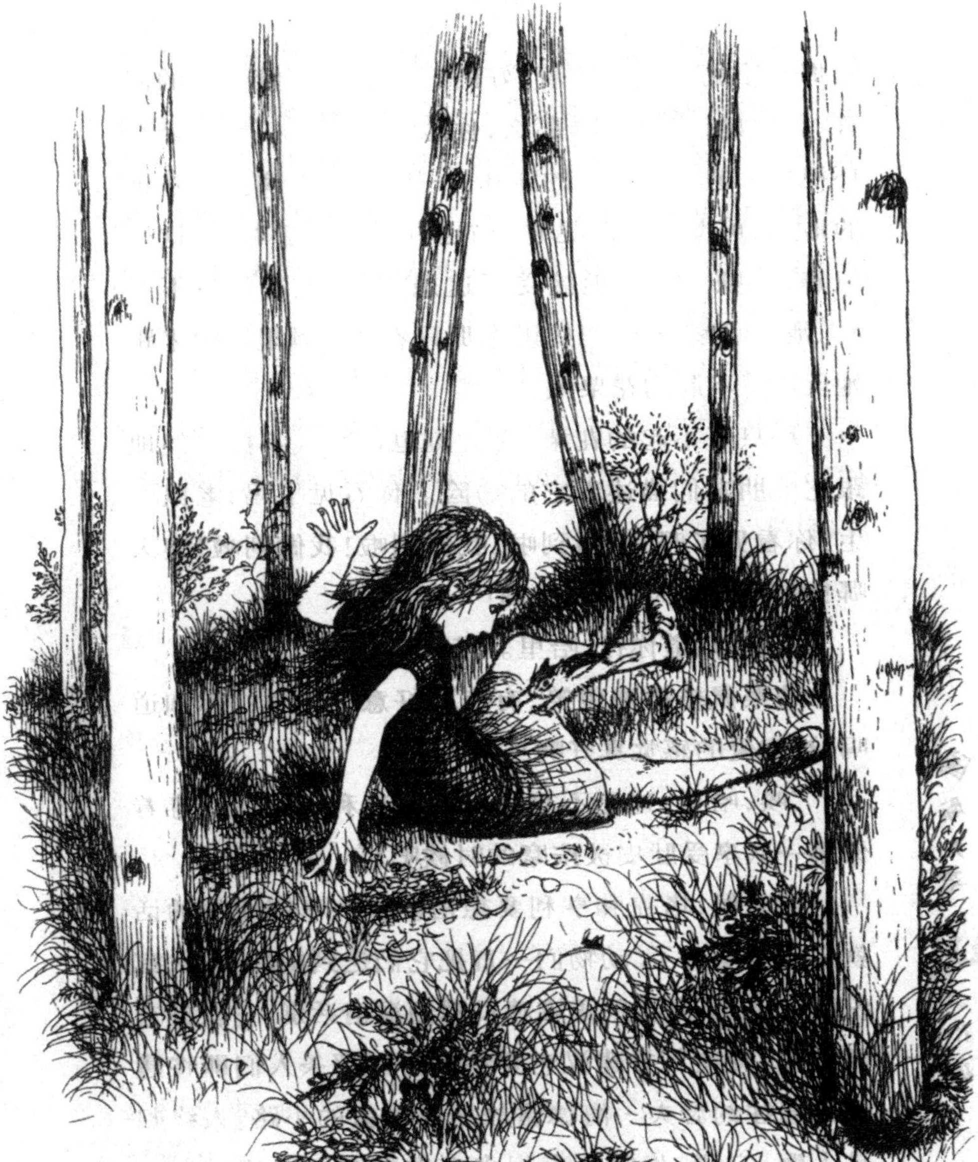

答,因为她说:"好吧,那么,你也回家去吧!"她又最后环视了一遍草原找她的猫咪——它就藏在离她几步远的地方,可艾伦没看见它。猫也有猫的生活啊,她这样想着,并顺理成章地接受了这想法,并没有觉得不开心。她要回家去,给妈妈讲讲那只不知从哪里跑出来跟她玩的了不起的花栗鼠。

那只了不起的花栗鼠,此刻也正上气不接下气地跟它的朋友们描述着它的历险。"你看见了吗,老鼠先生?你看见了吗?我做到啦!我做到啦!我做到啦!噢,天哪!噢,天哪!噢,天哪!噢,天哪!"

"我就知道你行,哈里。"塔克说。

花栗鼠格格地傻笑,有点儿不好意思地说:"你知道吗,被宠爱的感觉真好啊!"

"唉,哈里,这还不算什么呢。"亨利猫叹道,"等着你第一次享受肚皮被按摩的时候吧!"

这时候,塔克和亨利要想搭晚班火车回纽约的话就必须得动身了。动物们一直把它们送到山坡上,大家纷纷道别。塔克特别跟雉鸡贝翠西深情话别。它敦促它要继续"淘宝",并建议它要特别留意那条人们即将建成的通往约瑟夫·海德雷故居基地去的小路。人终归是人啊,它说,肯定会有很多有趣的东西遗落在那里的,为什么你不去而让别人找到那些东西呢?至于它自己,则把哈

Tucker's Countryside

德雷太太的那串玻璃项链添加进了自己的收藏，作为曾经到访过康涅狄格州的纪念。最后，猫和老鼠跟它们的朋友蟋蟀柴斯特惜别。跟所有即将与朋友分离的感受一样，蟋蟀也是又悲又喜。

即将从山坡下到公路上去的时候，塔克停下来回头望去，一团雾霭弥漫在小溪上面，而灰色的秋天黄昏，就像一件神奇的斗篷笼罩住草原。"噢，草原！"塔克老鼠发出一声叹息，"除了图书馆后身的公园，这可能是我见到过的唯一的郊外草原了。"

"那么我们就应该这么叫它啊！"柴斯特说，"如果人类可以把大草原改个名字，我们也能啊！我们就叫它'塔克的郊外'！怎么样啊？"

所有的动物都欢呼雀跃，喊着："好啊！"

这就是大草原第二个名字的由来。那些山坡、田野和奔流的小溪在康涅狄格州所有房屋的包围之中，就像是一颗绿色的心脏，人们把那儿叫作"海德雷草原"。而对居住在那里的动物们来说，它叫作"塔克的郊外"。实在很难说清，人们和动物们到底谁更喜欢它、更热爱它。

亲近自然的心

昀 韬/图书编辑

我从没像此刻一样,这样用心地去倾听自然的声音。我想捕捉那遥远的地方隐约的笑声,我想仔细分辨哪一个是花栗鼠细小的手掌鼓出的欢乐,哪一个是柴斯特蟋蟀的翅膀奏出的优美乐音……因为,乔治·塞尔登刚刚把那颗亲近自然的心重新带回我的身体。亲爱的朋友们,你们是不是也和我一样,久违了这自然的声音?

我好像已经记不太清真正的自然究竟是什么样子了,就像已经在时代广场的地下车站中安了身的塔克和亨利。我们习惯了钢筋水泥的房屋、通道交错的地下车站、繁华拥挤的街道,还有那霓虹灯投射出的

Tucker's Countryside

炫目的光景。我们被这些人类的杰作围绕着，难得有闲暇去寻觅自然在哪里。我们以为城市中那点缀着的被修葺得整洁的草地和树丛就是自然了，可是来自郊外草原的知更鸟却翘起了尾巴，不屑地说：这些什么都不是！

我也不大在乎柴斯特蟋蟀的忧虑。它大老远地让塔克和亨利坐着夜车赶到郊外草原，只是因为这里要被开发建设成公寓区。就连精明的塔克也弄不明白这有什么不好。这样不是又有一个繁华的纽约了吗？奔腾的溪水要被装进管子里，这又有什么不对？自从人们认为自己有了控制自然的能力，不是就一直在这样做吗？荒野被建设成现代化的都市，泛滥的溪水被管住，人类把自然变得更适于生存了。我们欣喜于自己改造自然的每一个胜利，真的没有去想我们失去了什么，直到塞尔登带我们再一次聆听自然的声音。

那是什么样的声音呀，它仿佛充满了魔力。那是让塔克抱怨的溪流的声音：它在时代广场的地铁车站里，在下班高峰的人流声中可以入睡，可是这永不停息的溪流的声音却让它无法入眠；那是吸引着艾伦去保护这片草原的声音：当她用心感知的时候，总能听到大自然在低语着秘密；那是唤醒我的心重新亲近自然的声音：当我第一次专注地去倾听小溪旁水生小虫们的热闹喧嚣，留意大雨如注时草原的静谧，感受草原上小动物们的欢

声与忧郁,我才发现,亲近自然的心原来一直埋藏在心底,等待着被唤醒。这些大自然的声音里蕴藏着那样雄厚的生命力,它们顺着小溪流淌而出,滋润万物生灵;它们从大地喷涌而出,孕育所有生命。可是,如果这一切被冰冷的钢筋水泥的墙壁阻隔,我们将失去所有的生机与活力。

我好像有些懂了,懂了乔治·塞尔登对于孩子和成人永不疲倦的吸引力来自哪里。对于这位一生仅创作以动物为主人公的童话寓言的作家来说,他得到的喜爱远远超出了他创造的那个小小世界。孩子们喜爱柴斯特蟋蟀的天才、亨利猫的风趣、塔克老鼠的机智与义气,他们沉浸在这最不可思议的友谊组合里,自己和自己上演着小动物们的游戏。他们的心自然而纯真,完全融在了塞尔登的童话世界里。在这里,他们学会爱、感受友谊、亲近着自然的生命力。而对于早已不再是孩子的我们,塞尔登唤醒了我们遥远的迷失的心。当我们再一次亲近自然,感受它的美好与恰切,感受它生生不息的力量,我们才真正体会到,自然是所有生命的源泉,是所有快乐的根源。

自然是我们共同的家园。在塞尔登创造的这样一个纯美的小动物的世界里,我们更好地看见了自己,看见了人类应该怎样去珍惜热爱我们身处其中的自然!